徳間文庫

北《ほっ》国《こく》街道殺人事件

内田康夫

徳間書店

目次

プロローグ

野尻湖《のじりこ》の学術調査発掘現場から、妙な骨が出てきたという報告が、野尻駐在所にもたらされたのは、三月二十七日の午後二時頃《ごろ》のことである。

「どうも、人間の骨みたいだし、そう古いものでもなさそうなんですがね」

電話をかけてきたのは野尻湖小学校の徳武《とくたけ》という若い教師で、いくぶん薄気味悪そうな声をしていた。

三月末といえば、まだ北信濃《しなの》のこの辺《あた》りは真冬同然である。今年は雪こそ少なくて、地表のほとんどが露出していて、その分、発掘はやりやすかったが、寒さだけは例年と変わりはない。この日も北西の風が吹き、小雪が舞《ま》っていた。

「このくそ寒いのに、よく発掘作業なんかやるもんだなあ」

黒い革ジャンパーを着込みながら、小林巡査長《こばやしじゅんさちょう》はぼやくように言った。余計なことをするから、こっちにまで余計な仕事が舞い込む――とでも言いたそうな口振りだった。

「仕方ないでしょう」

妻の恵津子《えつこ》は苦笑しながら、土間の片隅にあるバイクを外に出した。

「自分だって子供の頃、あの発掘作業に参加したことがあるって言ってたじゃないの」

「そういえばそんなことがあったなあ。それにしても、よくもあんなことを手伝ったりしたもんだ」

「あんなことだなんて、立派な仕事でしょうに。あんただって、自慢してもいいのよ」

「自慢なんかできるようなものじゃなかったよ。学校で行けっていうから、仕方なしに参加しただけだ」

小林は手袋を嵌《は》めながら、その時の、かじかんだ手の感触を思い出していた。

(あれからもう二十年になるのか――)

人間は年々変わってゆくけれど、世の中の営みはそれほど変化がない。自然にいたってはさらに変わらない。

それでも野尻湖周辺は、小林が発掘作業に参加した頃とは比較にならないほど変化した。とりわけ、農業従事者人口は減って、いわゆる過疎《かそ》傾向の時期もあったが、その代わり、夏場の観光客の入り込みは、当時とは較《くら》べものにならないほどの繁盛ぶりだ。

それもまた、あの発掘作業の恩恵なのかもしれない。

そう思えば、地元出身の小林としては、ゆめゆめ発掘作業の悪口など言ってはならないことなのであった。

「それじゃ、行ってくるからな、無線で連絡するかもしれないから、家にいてくれや」

小林は妻に言い置いて、寒風に顔を背《そむ》けるようにして、バイクに跨《また》がった。

長野県上水内《かみみのち》郡信濃《しなの》町はかつて「野尻宿《のじりじゅく》」といったところである。北国《ほっこく》街道三十四宿のひとつである小さな宿場であった。

北国街道は徳川幕府が軍事目的から開設した多くの街道のひとつで、江戸から佐渡《さど》に至る街道のことをいう。しかし、信濃追分《しなのおいわけ》宿——現在の長野県北佐久《さく》郡軽井沢《かるいざわ》町追分——までは中山道《なかせんどう》とダブっているので、一般的には追分宿から小諸《こもろ》、上田、戸倉《とぐら》、善光寺、柏原《かしわばら》、高田、柏崎、出雲崎《いずもざき》などの宿場を経て、海路佐渡に達するまでの道程をいう。

野尻宿は柏原の一つ北の宿場だ。そこから先はまもなく峠を越えて、越後《えちご》の最初の宿である関川《せきかわ》という小さな宿場に入る。

この辺りは街道のなかでもとくに寂しいところで、国境近くには、大盗賊として名を残す熊坂長範《くまさかちょうはん》が出没したといわれる。

宿場としては知らなくても、「野尻湖」の名は全国的に有名だ。現在では、軽井沢、八ヶ岳《やつがたけ》高原などに次ぐ、長野県下有数の夏のリゾートとして知られているけれど、野尻湖の名を一躍有名にしたのは、なんといっても、昭和二十四年に野尻湖底からナウマン象の化石が発見されたことによる。

ナウマン象の化石は過去にも日本の各地で発見されているが、野尻湖の場合には化石の量・質ともに優れていて、それ以降も各種遺跡や遺物がつぎつぎに発見された。

昭和三十七年からは、研究団体によって組織的な発掘作業が開始され、それ以後、最近は小学生などの一般参加者を含む、大規模な発掘作業が、ある意味ではレジャーを兼ねて実施されるようになった。

発掘参加者の数は千人をはるかに超え、それらの人々を組織する仕組みもなかなか整備されたものである。各自がそれぞれ何らかの役割を分担するのだが、その中には

「保育係」「みまわり係」「わすれもの係」「コンパ係」「アンケート係」から「おやつ係」などというものまであって、学術研究だけで終始しているのではないことがよく分かる。

ところで、この発掘作業は三年ごとに、三月末に行なわれる。なぜ三月末かというと、もちろん学校が春休みに入るという理由もあるのだが、それ以前に、野尻湖が渇《かっ》水期《すいき》であることがその最大の理由だ。この時期になると、ところによっては湖底が露出するほどで、ふだんは見ることの出来ない場所でも、どんどん掘り返すことが可能になる。

ただし、前述したように、三月末は暦の上ではとっくに春だが、この地方はまだ凍《い》てつくような寒さが続いている。ときにはツンドラのように凍った大地を掘るような場合もあるわけだ。

この日もそういう、あまり歓迎すべき陽気とはいえなかった。小林が、ブツクサ言いたくなるのも無理がない。

しかし、出掛ける時はのんびりムードだったが、発掘現場に到着して、「おかしな骨」なる物体を見たとたん、小林巡査長はたちまち緊張した。

「これは人間の骨だな」

「やっぱし……」

徳武は肩を竦《すく》めた。

「あれから、この辺り一帯で、似たような感じの骨が少し見つかったもんで、作業を中断しているのですよ」

「それはいい判断でした」

小林は敬意を表して、すぐにハンドトーキーを手にした。

それからほんの三十分後には、現場周辺は警察官以外の立ち入りを禁止され、ものものしい緊張感に包まれることになった。

発掘されたのは、やはり人骨で、おまけに、死後二、三年程度しか経過していないものと推定された。もちろん、縄文人《じょうもんじん》の骨などでは、絶対にあり得なかったのである。

最初に見つかった骨は大腿骨《だいたいこつ》で、その周辺から、さらにバラバラになった各部の骨が採取された。

もちろんこの発掘作業には学術調査の連中は参加していない。紺色の行動服を着た捜査員たちが、仏頂面《ぶっちょうづら》で作業に勤《いそ》しんだ。

夕方までの捜索で、各種の主だった骨は大方、採取できた。手足の指とか、そういった小物を除けば、ほぼ人体模型が作れそうな程度まで、完全に発掘されたといってもよさそうだった。

ところが、肝心の頭蓋骨《ずがいこつ》が出てこない。

「首なし美人死体かな？」

誰《だれ》かがジョークをとばした。

もっとも、骨の主が女性なのか男性なのかもまだ判然とはしていなかった。

いずれにしても、首が無いことや、衣服らしいものも発見されていないとなると、どうやら事故死や自殺のセンは薄いと思わなければならない。

ホトケは全裸にされた上、首を切られ、さらに湖に投げ込まれたと考えるのがもっとも妥当な判断といえる。つまり、立派に殺人事件の様相を呈してきたというわけだ。

まもなく、野尻湖の所轄である長野中央警察署内に「野尻湖白骨死体事件捜査本部」が開設された。野尻湖は信濃町にあるが、信濃町には警察署はなく、四つの派出所が点在するだけである。

長野市から信濃町までは三十キロ近い距離があるので、こういう騒ぎが起こると、多少もどかしい感じがする。

しかし、夕刻前には、長野県警捜査一課の捜査員も、現場に大挙乗り込んできた。

そのメンバーを指揮するのは、かつて「松川《まつかわ》ダムバラバラ死体事件」や「戸隠《とがくし》殺人事件」、それに「『信濃《しなの》の国』殺人事件」といった難事件を解決して、一躍名を上げた、「信濃のコロンボ」の異名を取る、長野県警捜査一課きっての名探偵、竹村岩男《たけむらいわお》警部であった。

第一章　良寛さん転んだ

1

車を降りた頃から風が吹きはじめた。まだ雪は降っていないけれど、海を渡ってくる風は冷たく、上空に低い雲を形成しつつあった。このぶんだと、まもなく吹雪《ふぶき》模様になるかもしれない。

「ついさっきまであんなに天気がよかったのに。私って子供の頃からこういうことって多いのよね。遠足へ行って、お弁当を広げると雨が降ってきたり。大学じゃ雨女《あめおんな》だって言われるしさ……だいたい、親が風見子《ふみこ》なんて変な名前つけるから悪いのよ」

田尻《たじり》風見子は母親に文句を言った。

「何言ってるの、いい名前だって、ずっと自慢してたくせに」

富子《とみこ》も言い返す。はたから見ると、母娘《おやこ》というより喧嘩《けんか》仲間といったところだ。あーあ、まったくどうしてこんなに下品な家族なのだろう——とお互いに思っているが、さりとていまさら直す気にはならない。

「こう寒くちゃ、リューマチがかえってひどくなりそうだよ」

富子はコートの襟を立て、寒そうに肩をすぼめて、わざとらしく腰をさすった。

「しょうがないでしょ、もう少し我慢しなさい」

海岸の風景をバックに三、四カット撮《と》っただけで、母娘は車の中に戻った。

「それにしても寂しいところね」

フロントガラス越しに、もう白波が立ちはじめた海原を眺めて、風見子はしみじみと言った。

本来はここに来る予定はなかった。真《ま》っ直《す》ぐ岩室《いわむろ》温泉まで行って、温泉に入って、旨《うま》いカニ料理を食べて、というのが、今回のドライブ旅行の趣旨だったのである。

「出雲崎《いずもざき》に寄ってみよう」と言い出したのは風見子のほうだ。

地図で見ると、出雲崎は関越自動車道を長岡《ながおか》ジャンクションから左へ、北陸自動車道に入って最初のインターである西山というところで出て、海岸線を少し北へ走れば行き着くことになっている。

「近いんだし、それに、良寛《りょうかん》さんの史跡も見ておきたいしさ」

いくら母親のリューマチのためとはいえ、学生時代最後の春休みを、ただの温泉旅行に終わらせるのはよろしくない――などと、がらにもない殊勝なことを考えて、とうとう出雲崎へ来てしまった。

出雲崎は芭蕉《ばしょう》が『奥の細道』の行脚《あんぎゃ》の途中に訪れた宿場として知られる。芭蕉はここでかの有名な「荒海や佐渡によこたふ天の川」の句をつくった。まさにその句のとおり、晴れている日には、遠く日本海に浮かぶ佐渡を望む、本州最短の場所だ。海岸線に沿った国道はどこまでも寂しい風景であった。出雲崎町は人口が八千人ぐらいの町だそうだけれど、人の姿が極端に疎《まば》らだ。とくに若者の姿が見えない。道で出会うのは、老人がほとんどで、まれに子供が通る。

シルバーシートならぬシルバーロードという、老人のための遊歩道のようなものであるのだそうだ。

老人ばかりが三人、仲良く手を繋《つな》いで歩いているのと擦《す》れ違った。雨も雪も降ってなく、また陽《ひ》も照っていないのに、なぜかおチョコになったこうもり傘をさして行く老婆にも会った。

とにかく、浮世ばなれした、不思議な町――というのが風見子の感想であった。そういうイメージというのは、ひょっとすると良寛の人物像に重なるのかもしれない。

T大学では文学部にいるのだけれど、風見子は良寛の名前は知っているものの、どういう人物なのか、あまり——いや、ほとんど知識がなかった。

なんとなく、子供と一緒にまりをついて遊んだり——という風変わりなお坊さんであるような気がしているのだが、はたして本当にそうなのか、正直なところ自信はない。

田舎の侘《わび》しい一軒家に独りで住んで、子供とたわむれたり、歌を詠《よ》んだり、俳句を作ったり——という姿が思い浮かぶ。「すずめの子そこのけそこのけお馬が通る」という俳句が頭に蘇《よみがえ》って、(あれ、これは一茶《いっさ》だっけか?——)などと思い返す程度だ。

確かに、良寛と一茶のイメージはごっちゃになっている。この際、せめて良寛の生まれ死んだ土地ぐらいは見ておこう——という気になったというわけだ。

「良寛堂」というバス停があって、その辺り一帯が良寛の生誕の地として、県の指定史跡となっているらしい。

しかし良寛堂そのものは、見てもどうというほどの代物《しろもの》ではなかった。海岸と道路ひとつへだてた広場に、お堂がポツンと建っている——というだけのものだ。

田尻母娘は記念写真を撮りおえると、冷たい風に追い立てられるように車に乗った。

「さあ行きましょう、行きましょう、温泉が待っているわよ」

富子は嬉《うれ》しそうに言った。

「だめよ、もう一カ所、五合庵《ごごうあん》ていうの見て行くんだから」

「五合庵って、何なのよ、それ？」

「良寛さんが晩年に住んでいたところ」

「いいわよそんなの見なくても」

「そうはいかないわよ、せっかくここまで来て、五合庵も見ないで帰ったなんていったら、笑われちゃうから」

出雲崎から寺泊《てらどまり》を抜ける国道はすべて海岸を走る。三月末だというのに、この辺りは荒涼とした冬ざれの風景そのものだ。

寺泊の北のはずれ近くで新信濃川が日本海に注いでいる。この放水路ができるまでは、信濃川はしょっちゅう氾濫《はんらん》して、流域の農民を悲嘆のどん底に陥れた。

新信濃川に架かる野積橋《のづみばし》を渡って右折すると分水町《ぶんすい》。海岸から少し東に入ったところに、有名な弥彦山《やひこやま》の南に連なるようにして国上山《くがみやま》がある。

国上山の南西側の中腹には、越後地方でも有数の古寺・国上寺《こくじょうじ》がある。この寺の住職の隠居所であった五合庵に、諸国行脚《あんぎゃ》から帰郷した良寛が十三年間、住んだ。良寛の詩歌や書の多くは五合庵で創作された。

国上の集落を山の麓《ふもと》まで行くと、小さな寺があった。車はそこまでしか行けないので、ともかく母娘は車を下りた。

「うー寒い」

富子は震え上がった。日陰にはまだ雪が残り、雪解《ゆきど》けの土地はぬかるんで、いかにもうそ寒いところだ。

案内図を見ると、五合庵はここからさらに山に入らなければならないらしい。富子はもちろん、風見子も簡単に気持ちが萎《な》えた。登り口の石段の手前で「どうしようか?」と顔を見合わせた。

「やめよう」

「そうね」

簡単に意見が一致して、そこから引き返すことにした。

二人が回れ右をして間もなく、元気のいい足取りで登ってくる、男性の二人連れに出会った。

二人のうち、右側の男はたいへん陽気な性格とみえ、歩きながら声高に喋《しゃべ》っている。

「……イナンがなぜ京都で死んだかということについては、興味ある説があってね……」

　前後は聞き取れなかったが、そう言っている部分だけは、妙にはっきり聞こえた。喋り方からいうと、こっちの男のほうが年長らしいのだが、張りのある声といい、顔を上げた、堂々とした歩き方といい、むしろ若々しく見える。

　もう一人の男はコートの襟を立てて、うつむきかげんにして、寒そう――というより、見るからに陰気そうだ。

　男たちとはすぐにすれ違って、話し声も聞こえなくなった。石段をどんどん登って行く足音はいつまでも聞こえた。

　風見子はなんだか、石段の手前で引き返してきたのが恥ずかしいような、勿体《もったい》ないような気持ちがした。

「あそこを登ったからって、良寛さんに会えるわけでもないしさ、このまま帰ったって、いいわよね」

　風見子は言い訳がましく言い、富子も「ああ、いいとも」と確信ありげに、大きくうなずいてみせた。

　こういう場合だけは、じつによく気の合う二人なのであった。

「だけど、私、本気で良寛さんを研究してみようかな」

車を走らせはじめてから、風見子はまた思い出したように言った。

「卒論、良寛さんというテもあるものね」

良寛なんて、いまどき誰も手掛けない対象なのではないか——と思った。そういう着想を得ただけでも、出雲崎に立ち寄った成果があったのだ——と思うことにした。

国上山を東へ迂回《うかい》して北へ走る。やがて、左手に小高い山が見えてくる。弥彦山である。ほんとうは弥彦温泉に泊まりたかったのだけれど、こんな時期だというのに、どこの旅館も満員だった。温泉ブームというのは現実にあるらしい。

仕方なく、すぐ近くにある岩室《いわむろ》温泉という、あまり聞いたこともないような温泉に泊まることになった。こっちのほうは簡単に予約が取れた。

しかし、期待していなかった割には、なかなかいい温泉であった。「ホテル大橋」という温泉ホテルも、真新しくて気分がよかった。それに、何といっても、カニを中心にした料理に堪能《たんのう》した。

「パパに悪いわねえ」

富子は気になるらしく、食事が終わるとすぐ、東京に電話した。

「出ないわ」

つまらなそうに言って受話器を置いた。

「当たり前でしょう、いま頃、これ幸いとばかりに羽を伸ばしてるわよ」

あの、真面目《まじめ》の上に何かがつきそうな父に、そういう器用な真似《まね》ができるはずはないと思いながら、風見子は母親を冷やかした。

全体として満足すべきいい温泉であった。効能書きを読むと、「遠赤外線風呂《えんせきがいせんぶろ》――セラミックが物質に当たると、物質を作っている分子の中で共鳴現象が起こり、人間の体を分子レベルで活性化する」というような、なんだか分かったような分からないようなことが書いてある。

風見子はこういうのは苦手で、なんとなく勿体ぶっていればいるほど、眉唾《まゆつば》くさく思えて仕方がないのだが、母親の富子が「ああ、いい気持ち」と言うのだから、たぶん効能があるのだろう。少なくとも、塩素ばっかりの水道の風呂よりは、いくぶんましであることだけは確かなのだ。

大抵、夜中に一度は足腰の痛みで目が覚める富子が、その晩はぐっすり眠れたから、どうやら温泉の効用はあったようだ。朝の目覚めも快適で、食事が旨かった。

朝湯を浴びて、化粧をしながらテレビを見ていると、ローカルのニュースが始まった。見るともなく聞くともなく、顔をいじっていると、いくつめかのニュースが「国上山」という言葉を言ったので、「あら?」と、二人ともテレビに注目した。

「……国上山の五合庵近くで、男の人が死んでいるのを見つけ、警察に届けました。燕《つばめ》警察署と新潟県警で調べたところ、この男の人は東京のK大学助教授・大沢雄一《おおさわゆういち》さん四十三歳で、昨日の朝、東京を発《た》って出雲崎に来たものと思われます。近くに住む老人から、大沢さんらしい人が、もう一人の男性と五合庵のある方角に歩いていくのを見たという報告もあり、警察ではなお、付近で大沢さんを目撃した人がいないか探しています」

風見子は母親と顔を見合わせた。

「ねえ、いまの写真の人、昨日見た、あの人じゃない?」

「そうみたいねえ」

富子も頷《うなず》いた。

「どうしよう、私たちも目撃者っていうわけでしょう。警察に届けなきゃいけないのかしら?」

風見子は不安そうに言った。

「いやだわよ、私は」

富子は即座に反対した。

「警察なんか大嫌い。協力したって、ろくなことになりゃしないんだから」

言うなり、顔にパタパタと乱暴に粉をはたいた。

「そりゃ、関《かか》わり合いになるのはいやだけどさ、市民の義務だとか、そういうことってあるんじゃないの？　このまま黙って引き上げていいのかなあ」

「いいに決まってるじゃない。だって、いまのテレビニュース、見なかったと思えばいいんだから。見なければ気がつかないわけでしょ？　気がつかなければ、このまま帰るんだから」

「すごい三段論法だわね。だけど、いいのかなあ……気にならない？」

「ぜーんぜん。だいたい、警察なんて私たちに何をしてくれる？　せいぜい交通違反で捕まえて、罰金を巻き上げるくらいのことしかしてくれないじゃないの。あんな、ネズミ捕りなんて陰険なことをやってさ。汚職政治家だとか暴力団だとか、もっとほかに捕まえるべきやつらがいくらでもいるっていうのにさ、そういうのを放《ほう》っておいて、弱いもの苛《いじ》めばかりするんだから」

「へえーっ……」

風見子は感心してしまった。

「ママって結構すごいこと言ったりしちゃうのねえ。何か警察に恨みでもあるの？」

「まあね……」

富子は否定もしないで、怒った顔を鏡に向けたまま、ふいに黙りこくった。

結局、知らんぷりを決め込んで帰路についたのだが、風見子はやはり気になって仕方がない。カーラジオをつけっぱなしにして、その後のニュースを聞き洩《も》らすまいと努めていた。

岩室温泉から三条燕《さんじょうつばめ》のインターチェンジに行き、そこから北陸自動車道に乗った。長岡の分岐点で、よっぽど進路を右に、昨日の西山インターのほうへ行こうかと思ったけれど、ついに決心がつかないまま、東京へ向けて、関越自動車道に入った。関越トンネルを潜《くぐ》り関東平野を望むと、もう越後・出雲崎ははるかの地のような想《おも》いがした。

2

大学が始まって三日目に、風見子は野村良樹《のむらよしき》に会った。

「ちょっとバイトの残りがあってさ、昨日、やっとこ戻ってきたんだ」

春休みのあいだ、ずっと、港湾荷役《こうわんにやく》の仕事に従事していたのだそうだ。

そのために消耗しているのは分かるけれど、それにしても、無精髭《ぶしょうひげ》がショボショボと生えていて、相変わらず若さに欠ける男だ。

もっとも、野村は二浪しているのだから、オジン臭く見えても仕方がないのかもしれない。

「ふーん、良寛をやるのかァ……」

学食のラーメンを啜《すす》りながら、野村は上目遣《うわめづか》いに、羨《うらや》ましそうな声を出した。

「いいところに目をつけたなあ。良寛さんねえ……」

しきりに感心している。

「駄目よ、私がやるって決めたんだから」

風見子はアイデアを横取りされそうな不安を感じて、牽制《けんせい》した。

「まさか、おれ、風見子の邪魔をするほどセコくないよ」

野村は口を尖《とが》らせた。

「しかし、良寛さんて、おれ、よく知らないんだけどさ。風見子は学があるねえ」

「あら、私だって知らないわよ」

「それにしたってさ、ええと、良寛てどういうんだっけ、坊主か何かだよな。俳句もやってたっけ。雀《すずめ》の子そこのけそこのけお馬が通るか……」

「あははは……」

風見子は大笑いをした。

「あれ？　違ったっけ？」

「そうよ、それは小林一茶でしょ」

「あ、そうかそうか。よけいなこと言って、恥かいちゃったな」

「だけどね、ほんとを言うと、私も同じ間違いをしたの。だからおかしくて……」

「なんだ、そうかよ、そうだろ？　ゴッチャになっちゃうよな。良寛と一茶ってさ、なんとなく似た感じがしてさ。そういえば『良寛さん転んだ』っていうのあったな」

「あら、それを言うなら『ダルマさんが転んだ』でしょう」

「いや、おれんとこは『良寛さん転んだ』だったよ。良寛さん転んだ、ほら、ちゃんと十数えるじゃないか」

野村は子供のように指を折り曲げて、得意そうに言った。

「そんなの聞いたことないわ。ノムさんの郷里って、どこだっけ？」

「岡山県の玉島《たましま》っていうところだけど、小学校へ入る前にこっちに出て来ちゃったから、あまりよく知らないんだ。だけど向うではそう言って数えていたんじゃないかなあ」

「ふーん、じゃあ、あっちのほうにも良寛さんは行ったことがあるのかしら？」

「かもね。昔の坊さんとか俳諧師《はいかいし》とかいうのは、あっちこっち旅をしたらしいからね。芭蕉だってそうだし、一茶だって……」

言いかけて、野村はふと思いついたように言った。

「そうだ、おれ、それじゃ、一茶をやろうかな。面白そうだよ」

「そうね、一茶も面白そうね、そうしなさいよ」

「確か一茶は長野県だったよな」

「そうよ、柏原《かしわばら》とか、あっちのほうじゃなかったかしら。あら、それじゃ良寛とも近いのね」

「良寛はどこさ？」

「新潟、新潟県の出雲崎っていうところで生まれ、そこで死んだみたい」

「ふーんそうか、それじゃ何かと好都合だなあ」

「何が好都合なの？」

「だってさ、風見子は良寛を調べに行くとき、車だろ？　おれも途中まで乗せて行って貰《もら》えるじゃないか」

「呆《あき》れた、勝手に決めないでよ。第一、ノムさんと一緒に旅なんかしたら、危なくってしようがないわ」

「おれが？　大丈夫だよ、おれって人畜無害だって言われているの、知らなかった？」

風見子はまた笑ってしまった。そういう噂《うわさ》を、「人畜無害」という言葉そのまま、女子学生の何人かから聞いたことがある。

「頼むよ、ガソリン代ぐらいは出すからさ。もちろん日にちは風見子に合わせるし、身の回りの世話なんかもしちゃうし」

「いいわよ、そんなこと、気持ち悪い」

「ひでえ言い方するなあ」

「まあ、とにかく考えておくわ」

そのときはそう答えておいたが、風見子もまんざら悪い話ではないと思った。女の独り旅はやはり心配だ。さりとて、女の友人と一緒というのも、あまり好きではない。第一、そんなに都合よく、旅行するような相手がいるかどうか――それに、卒論で良寛をやるなんていうことを嗅《か》ぎつけたら、それこそ横取りしそうな、油断のならない連中ばかり揃《そろ》っているのだから。

次の日、風見子は野村に「ＯＫ」を出した。

「ただし条件があるの」

「いいとも、何でも言うことを聞くよ。犬になれって言えば犬になるし」

「ばかねえ」

風見子は噴き出した。

「条件ていうのはね、良寛に関する資料を集めて欲しいってこと」

「え？　あ、きたねえなあ」

「あ、そう、いやならいいのよ、だけど、どうせ一茶の資料集めなきゃならないんでしょ？　だったら同じ手間じゃないの」

「同じってことはないけどさ、しかし、まあいいや、女王さまには逆らえねえもんな。その代わり、車のほう、バッチリ頼んだよ」

契約は成立したのだが、しかし、あとでよく調べてみると、一茶の生地である長野県柏原と、新潟県出雲崎とでは、方向は同じにはちがいないのだが、交通の便がまるっきり噛《か》み合わないことがわかった。

つまり、新潟のほうは関越自動車道で行けるのに対して、柏原に行こうとすると、高崎から先は国道十八号線をえんえん、百五十キロ以上も走らなければならないのだ。

「いやよ、こんな不便なところ」

風見子は野村に道路地図を突きつけて、言った。

「ほんとだなあ、新潟県のほうが遠いはずなのに、長野っていうのは不便な県なんだねえ……」

地図を眺めながら、嘆声を発した。

「それで、風見子の行く出雲崎っていうのはどこなのさ?」

「ここよ、北陸自動車道から近いわ」

「そうかあ、それじゃ便利がいいなあ」

地図を見ていて、野村は発見した。

「あ、北陸自動車道の上越からだと、柏原まで五十キロぐらいしかないよ。これなら出雲崎からだって、せいぜい三時間ぐらいで行くんじゃないかな?」

風見子も地図を覗《のぞ》き込んだ。

なるほど、野村の言うとおり、出雲崎に近い北陸自動車道の西山インターから上越インターまで四十キロ。上越インターから国道十八号線を南下して柏原のある信濃町までは五十キロ。確かに三時間はおろか、二時間あまりで行けそうな距離なのであった。

「ほんとだ……窮すれば通ずっていうけど、まったくよく見つけたわねえ」

風見子は感心した。女と違って、男の人の思考は直線的ではないのかもしれない

――と思った。

「いいわ、それじゃ出雲崎から柏原まで送ってあげちゃう」

「ありがとう！　感謝感激だねえ、もう風見子のためなら、何でもしちゃうよ」

「それがいけないのよ、ノムさんは何もしないほうがいいの」

風見子はしっかり釘《くぎ》を刺した。

出発予定は五月の連休が終わってから。宿泊はべつべつ。食費は割勘。高速道の通行料金は西山インターまでの分は風見子が払うが、西山から上越までは野村の負担。ガソリン代も割勘。もろもろの雑用とボディーガードは野村の義務行為とする――そういう条件が決まった。

3

竹村岩男警部は、このところずうっと、浮かない日々が続いていた。

事件発生の直後に捜査本部を設置したまではよかったのだが、それ以後、めぼしい成果はまったく上がってこない。

そもそも、例の人骨の主がさっぱり摑《つか》めないのだ。骨盤の形や、大腿骨と上腕骨の骨頭の大きさのちがい、それに骨の表面に凸凹が多いことなどから性別が男性らしいということはどうにか分かったが、年齢は三十歳から六十歳ぐらい——というのだから、気の遠くなるような話だ。

死亡推定も一年から二年半と、これまた範囲が広い。わずかに断定できるのは、三年以上は経過していないということだけだ。これは、三年前の発掘調査の時には、現場に死体がなかったから——という、単純な理由があったおかげである。

頭蓋骨が無かったのは、おそらく頭蓋を見れば、被害者の特定に結びつくような特徴がはっきりしているためだろう——と推定された。

たとえば歯形。あるいは、早期に発見された場合の人相。たとえ白骨状態で発見されたとしても、最近の復顔術——いわゆるカービングの技術はかなり進んでいるから、被害者の割り出しは可能になる恐れがあったのだろう。

そうしてみると、犯人は警察の捜査方法や技術的なことに、ある程度の知識を持つ者であるのかもしれない。もっとも、最近のミステリーブームで、素人も相当な犯罪知識を持つようになったから、それだけで対象範囲を限定できるというほどのものではない。

それにしても、被害者の身元がさっぱり浮かんでこないいまの状態では、捜査の進めようがなかった。わずかに身元を特定する根拠になりそうなものとして、被害者がかつて胸部疾患の手術を行なっていると思われる点があった。右の肋骨《ろっこつ》が二本、欠如しているのだ、手術が行なわれたのは、おそらく二、三十年前と推定された。それと、右の下腿骨《かたいこつ》にも、かつて損傷があったことを思わせる痕跡《こんせき》があって、こっちのほうはたぶん弾痕だろうと考えられた。

だとすると、被害者は暴力団関係で、何かの抗争事件で殺されたのかもしれない。しかし、そういう単純な事犯にしては、死体遺棄の方法や場所など、説明しにくい点が多い。

野尻湖の現場に死体を投棄するには、ボートで死体を運ぶ方法を取ったものと考えられるので、少なくとも投棄は冬季に行なわれたものではなさそうだ——という、駄《だ》洒落《じゃれ》のような結論は出ていた。

一昨年の夏か、秋か——それとも、その前年の夏か、秋かに、それも夜間、ひそかに死体を運び、捨てた。しかも首無し死体を、である。想像するだけでも、なんとも鬼気迫る情景だ。

そういう点から見て、犯人は相当、残虐性のある人物——それも、ひょっとすると複数である可能性が強い。

となると、やはり暴力団関係や、左右の過激派、麻薬がらみの事件——といったことが想定される。

ともかく、長期戦になるものと覚悟を決めて、三年ほど前まで遡《さかのぼ》って、全国の行方不明者リストの洗い出しを、コツコツやってゆくしかなさそうだった。

こういう地道な作業が、捜査員——ことに頭脳派にはもっとも苦手だ。

(それにしても、なぜ野尻湖に捨てたのだろう?——)

これが、明けても暮れても、竹村警部の脳裏を離れない疑問であった。

狭い日本——というけれど、死体の捨て場所はほかにもありそうだ。野尻湖がはたして、人知れず死体を捨てる場所として最適であるかというと、これはかなり疑問なのではないだろうか。

前述したように、犯行時期が季節的に限定されるし、かといって、夏のキャンプシーズンには、夜でも湖畔を徘徊《はいかい》するアベックなども少なくない。

ボートを出すのだって、人しれず——というわけにはいかないのではないだろうか。

そういうネックをものともせず、野尻湖に死体を捨てたのには、それなりに納得のいく理由がなければならない。それはいったい何なのか?——が、第一の疑問だ。

そして、当然のことながら、頭蓋はどこにあるのか? が第二の疑問である。

野尻湖に死体を遺棄したほどだから、第一現場も野尻湖付近と想定するのが妥当なところだろう。それはどこなのか？　また、その場所で切り取ったと思われる首のほうは、どこに運んだのだろうか？　それとも、首だけは第一現場に残したのだろうか？

いや、第一現場に首を残しておけるくらいなら、死体だってその場で処理すればよさそうなものではないか。

いろいろな想像は浮かんでくるのだが、そのどれもが結論のない、単なる空想やら妄想のようなものに思える。まるで噛んでも噛んでも原形を失わない、安い牛肉を食っているような、やりきれないまだるっこさだ。

事件発生から一カ月はまたたくまに過ぎて、ゴールデンウイークの喧噪《けんそう》がやってきた。地元の観光協会や業者としては、このかきいれどきに、野尻湖周辺を無粋な警察官に徘徊していられるのは、正直、はなはだ迷惑なのだ。

ゴールデンウイーク期間中は捜査のほうもお休みになったらいかがでしょうか？

――という、遠回しな言い方で、邪魔者扱いされ、捜査本部の士気はますます低下した。

「このぶんじゃ、早晩、捜査本部は縮小の方向だな」

捜査本部長である長野中央署長の細田《ほそだ》警視正までが、まるで他人事《ひとごと》のような態度である。

縮小どころか、解散の可能性だって十分、あった。解散すれば、あとは所轄の署員が二人か三人、専従とは名ばかり、日常業務の片手間に聞き込み捜査に歩く程度で、せいぜい捜査日誌に「進展ナシ」とでも書き込むぐらいが関の山だ。そのうち済《な》し崩しのように、事件そのものの存在すら消えてしまうに決まっている。

竹村は長野市にある県警の官舎から、長野中央署や野尻湖の現場周辺に日参している。官舎では妻の陽子《ようこ》との二人暮らし。子供はまだない、というより、この分では出来ずじまいなのかもしれない。竹村はすでに三十四歳。陽子のほうも三十を越えた。

子供の出来ない理由だが、夫婦のどちらに欠陥があるのか、本当のところ竹村にはよく分からない。そう熱心ではないけれど、することはちゃんとしているのである。

「おれには問題はないのだ」

竹村は断言しているけれど、医者に診《み》てもらったわけではないので、そう威張れたものではなかった。

「どうして分かるの？」

陽子のほうはちゃんと病院で「異常ありません」という診断を受けているから、発言には迫力がある。

「どうしてって、そんなことはちゃんと分かっているのだ」

「あら、それじゃ、どこかの誰かと実験したことでもあるっていうの？」

「ばか、おれがそんなことする人間だと思っているのか。かりにも警察官だぞ」

「そっちこそばかみたい。警察官だからって、いまどき社会的信用が満点だなんて、誰も思ってはいませんよ」

「なんだ？　ということは、おまえもおれを信用してなかったのか」

「私は、そりゃ、もちろん、おまわりさんは信用してるけど、男は信用できないもの」

「ふーん……だとすると、男の警察官はどういうことになるのだ？」

「それが分からないから困るんじゃないの」

「なるほど、つまり迷宮入りってことか」

「そう、野尻湖の事件みたいにね」

「いやなことを言いやがる」

竹村は苦笑した。まったく、野尻湖の事件をつつかれると、憂鬱《ゆううつ》になる。

「ねえ、今度の事件なんだけど」

と、陽子は思いついたように言った。

「この事件のこと考えてたら、むかし、飯田《いいだ》署にいた頃の松川ダムのバラバラ事件を思い出しちゃったんだけど」

「ああ、そうだな……ふーん、おまえもそう思うか。おれも、すぐにあの事件のことを連想したよ」

かつて飯田市郊外にある松川ダムで発生した、バラバラ死体遺棄事件の捜査は、竹村岩男の生涯を決定づけるような、きわめてドラマティックな出来事であった。（拙著『死者の木霊《こだま》』参照）

その事件で、当時、一介《いっかい》の部長刑事でしかなかった竹村は、捜査本部はもちろん、県警全体に反抗するような独自の捜査を進め、その結果、東京の美人ＯＬを自殺に追い込むことになり、自らが恐喝事犯で逮捕されるというピンチに立たされたものである。

「そういえば、あの事件も奇妙な事件だったよなあ」

「でしょう?」

陽子は勢い込んで言った。

「東京で殺した死体を、わざわざ飯田のダムまで運んで捨てたのはなぜか……って、あなたが一所懸命に推理して……そういうところが、今度の場合もとてもよく似た状況だと思ったのよね」

刑事の妻だけに「状況」などと、少し専門的な表現をする。

「だからね、今度の事件も、そこんところから考えを進めていけば、きっと何か糸口が見つかるんじゃないかなって、素人《しろうと》だけど、そう思って……」

「ばか、そんなこと、おまえなんかに言われなくても分かってるよ」

竹村は苦笑したが、内心、陽子が亭主の苦悩を案じていてくれることが嬉しくないこともなかった。

「あら、そうだったの？　私はまだむかしのあの頃が懐かしいから、すぐに思いついたんだけど、あなたは偉くなっちゃったから、捜査のほうも部下に任せっきりにして、あんな古い事件のことは忘れちゃってるものとばかし思ってたわ」

陽子はほっとしたというように、言った。

「ばか、偉くなったなんて思っているものかよ」

その松川ダムバラバラ死体事件を、ほとんど単独で解決した功績により、竹村は二階級特進という、殉職者を別にすれば、長野県警始まって以来の昇進を遂げて警部になった。しかも県警捜査一課の花形捜査主任クラスにのし上がったのである。

自分では気付いていないけれど、陽子の言うように「偉くなった」つもりになっているのだろうか。そういう思い上がった気分で、捜査へののめり込み方が、その当時よりは弱くなっているのかもしれない。

（初心に帰れ、か――）

竹村は陽子のひたむきな眼《め》の輝きを見ながら、ふと自戒の念に打たれた。

4

観光協会の要請に従うまでもなく、ゴールデンウイークの間は、捜査のほうもまるで開店休業といった状態だった。

野尻湖は雪解け水を集めて溢《あふ》れんばかりの状態だ。白骨死体が出た辺りは、とっくに、豊富になった湖水の底に沈んでいる。それと同時に、事件の真相のほうも、深く沈み込んで、もはや見ることがかなわないのではないか――という気さえしてきた。

「渇水期にしか現場に行けないというのが、捜査を難しくしているのであります」

定期的に行なっている記者会見で、細田署長は言い訳がましいことを述べた。

「ガンさんはどう思っているんですか？」

署長の脇《わき》につくねんと坐《すわ》っている竹村警部に、地元紙のベテラン記者が食いつくように訊《き》いた。

「ガンさん」はもちろん竹村岩男の「岩」から取ったニックネームである。公式会見場でニックネームで呼ぶのは不謹慎だが、竹村は長野県警唯一のタレントだから、署長も文句をつけない。

「私も署長さんと同じ感想ですよ。まことに遺憾ですが、ほかに言うことはありません」

ショボンと言って、頭を下げた。

「ほんとですか？　また、水面下で何かひそかに動いているんじゃないでしょうね？」

「ええ、私もね、出来れば野尻湖に潜《もぐ》って、現場を調べてみたいのですが……」

竹村としては出来すぎのジョークに、満場から笑いが起こった。対照的に署長は苦い顔をしている。

「竹村君、きみまであういう連中に合わせて、余計な冗談を言うことはないでしょう。あれじゃ、私が言ったことも、まるで冗談ごとのように受け取られかねませんよ」

記者会見のあとで、署長は竹村に注意した。県警から派遣された捜査主任であるだけに、いくぶん遠慮ぎみだが、竹村の人気にはあまりいい気持ちはしていないのだ。

「は、申し訳ありません、以後気をつけるようにします」

竹村は神妙に謝った。

確かに、署長の言ったことは冗談でも何でもなく、捜査のネックをそのまま言っているのだ。その苦衷を分かりすぎるくらい分かっているのだから、ああいうジョークは言うべきではなかった。

かといって、現場そのものは湖の底だ。

(来年の早春まで、あの現場は見ることができないのか……)

アベックや家族連れで賑《にぎ》わう湖畔に立って、竹村はその想いがしみじみ湧《わ》いた。湖を眺めるたびに、そう思った。

そう思いながら、竹村の胸の奥で、それこそ湖の底に沈んでいるものが見えるように、時折、チラッと姿を見せる、何か光のようなものが見えてきていた。

何かの着想の前兆なのかもしれない――と思いながら、竹村はその「光る物」がさらに形を成してくるのを、じっと待った。

そして、ある日の未明――それは突然、はっきりとした形を現した。

寝ていた竹村は、着想を得た瞬間、ガバッと身を起こして、叫んだ。

「そうだ、春になれば見えるのだ！」

陽子が驚いて、「何？　地震？」と寝惚《ねぼ》けたことを口走りながら起き上がり、パジャマを脱ぎはじめた。

「ばか、何でもないよ」

あまり豊かとはいえない乳房を出した陽子を見て、竹村は笑った。腹の底から笑えるような気がした。

「何よ、どうしたのよ？」

陽子もようやく落ち着いた。落ち着くと同時に気分を害した。

「まだこんな時間じゃないの、びっくりさせないでよ」

「悪い、悪い」

竹村は素直に謝った。

「急に面白いことを思いついたものだからね、嬉しくなって、つい……」

「なあに？　事件のこと？」

「うん、例のなぜあの場所に死体遺棄をしたのか、というあれだ」

「それで何を思いついたのよ？」

「つまりだな、野尻湖のあの現場は、また来年の春先になるまで、湖底に沈んでいて、見ることが出来ないということだ」

「そんなこと、最初から分かってるじゃないの」

「いや、そうだけれどね、それを逆に考えたんだ。つまり、来年の春先が来れば見ることが出来るってね」

「ばっかみたい。そんなことに気がついて、それで起こされたんじゃたまったものじゃないわ」

「いや、そう馬鹿《ばか》にしないで聞いてくれよ。いいかい？　ふつうの湖やダムだったら、そういう条件はないわけだろう？」

「条件って、春先になると湖底が現れるっていうこと？」

「そうだ。それが野尻湖の場合は必ず現れるし、そればかりでなく、発掘調査まで行なわれる。湖底が見えることはほかでもあるかもしれないが、発掘調査はやらない。そこが大いに違うところだ」

「それは確かにそうだけど？」

「つまりだね、犯人が野尻湖に死体を投棄する必然的な理由があるとすれば、そういう特殊な条件があったからじゃないか——と、そう思ったのだ」

「ふーん……」

陽子は不思議そうに、半身を立てて、夫の顔を覗《のぞ》き込んだ。

「ようするに、犯人はあの死体が発見されることを期待して……あるいは計算ずくで、死体を野尻湖に捨てたのだ。そうでなければ、危険を冒《おか》してまで、あの場所に死体を遺棄するはずがない」

「ほんと……そうかもしれないわね。さすがあ、やったわねえ」

陽子は瞳《ひとみ》をキラキラさせて、夫の顔に見入っている。

「おい、寝るぞ」

竹村は照れて、布団を眼の辺りまで引き被《かぶ》った。

「あら、なによ、そんなの狡《ずる》いわよ。中途半端にしといて、自分だけ先に眠っちゃわないでよ」

「今日は疲れてるんだ、堪忍してくれよ」

「ばかねえ、そんなんじゃないわよ」

陽子は慌てて、パジャマの前を合わせた。

「そうじゃなくて、野尻湖が春になると湖底が見えて、発掘調査があるから、犯人が死体を捨てたところまでは分かったけど、それでどういうことになるのか、その先を教えなさいよ」

「なんだよ、おまえまで、署長みたいなことを言うなよ」

竹村はしぶしぶ、陽子に顔を向けた。

「つまりだね、犯人は春先になれば、必ず死体が見つかると思って、それを期待して野尻湖に捨てたのだ」

「そこまでは分かったけど、それで？」

「ところが、実際に見つかったのはつい最近だったというわけだ」

「ええ、だからどうだっていうの？」

「ばかだな、まだ分からないのか？」

「どうせばかですよ、だから教えてって言ってるんでしょ」

「ようするに、犯人は野尻湖の発掘調査が三年置きに行なわれるということを知らなかったのだな。そのことがひとつ……」

「あっ、そうか。じゃあ、地元の人間じゃないっていうことね？」

「そうだ、その上、野尻湖で発掘調査をやっているということは知っている人間でもあるわけだ」

「そんなこと、誰だって知ってるんじゃないの？」

「誰だってだと？　どうしてそういう大雑把《おおざっぱ》なことが言えるんだ？　たとえば、北海道の今年四歳になったばかりの女の子がそんなことを知っているか？」

「そんな、極端なこと言わないでよ」

「極端なのはそっちだろう。誰でも知っているなんて、よく言えたものだ。警察の捜査というものはだな、そうやって無関係の人間を消去してゆくのも、重要な方法なのだ」

「わかったわ、撤回します。それで、そのことがひとつって言ったけど、まだ何か分かることがあるの？」

「ああ、二番目にはだね、犯人はなるべく早い時期に死体が発見されることを期待していたということだ」

「そうね、分かるわ、そのことも。だけど、どういう理由からかしら？」

「そりゃ決まってるじゃないか、被害者の身元を早く明らかにするためさ」

「えっ？　それは逆じゃないの？　身元を教えるつもりなら、どうして首を切ってしまったりしたの？」

「それは、身元を分からなくするためだ」

「えっ？　えっ？……」

陽子は呆れ返って、夫の精神がどうにかなったのではないか――というような目で竹村を見つめた。

「早く言うとだな」

竹村は焦《じ》れったそうに言った。

「犯人は被害者の身元を、なるべく早く警察が明らかにしてくれるのを期待すると同時に、ほんとうの身元が分かることを、恐れているということだろう。たとえば、数カ月かそこいらなら、行方不明者の数も僅《わず》かだし、警察が対象を絞り込む作業も、比較的、容易だよね。たぶんその時点で見つかっていれば、たとえ死体は白骨化していたとしても、現場付近にはまだ何か、身元をしめすものが残っていた可能性がある。それから被害者の身元割り出しをするのは、容易な作業だったのかもしれない。ところが現実には二年半もの長い歳月が流れてしまった。これは犯人にとってえらい思惑違いだったのじゃないかな――と、そう思ったわけだ」

「なるほどねえ……」

陽子は今度こそ、心底、感心した声を発した。

「あなたって頭いいわねえ、あなたの子供もきっと天才だと思うんだけどなあ……」

鼻にかかった声で言い、隣の布団にいる竹村の腕を握《にぎ》った。

竹村は慌《あわ》てて、空鼾《からいびき》をかいた。

5

今年の天候はいったいどうなっているのだろう。例年なら菜種梅雨《なたねづゆ》とか梅雨のはしりだとかいう長雨のあるシーズンだというのに、ゴールデンウイークを挟《はさ》んで半月ほども、雨らしい雨は降っていない。

天気図を見ても、大陸からはつぎつぎに高気圧がやってきそうだ。この分なら、まだ上天気は続きそうな気配であった。

農家は気をもんでいるだろうけれど、ドライブには絶好の日和ではある。

上越国境の山々は、この前、母親と見たときとはまるで変わって、浅い緑一色に覆われていた。かなり高い辺りまで、今年は雪が消えている。

「やあ、快適快適」

野村は車が練馬のインターに入ってから、助手席ではしゃぎどおしだ。風見子の車はそれほど上等ではない。免許を取ったばかりの頃に買った車で、どうせぶつけるのだから、と中古車を買ったのを、そのまま三年乗りつづけている。

その間、案に相違して、小さな接触事故もなく、したがって買い換えるつもりにもなれず、ディーラーをがっかりさせている。

「この車、クーラーの具合がちょっと怪しいのよね。だからあまり天気がいいと、暑くてしようがないの」

「平気平気、窓を開けりゃいいんだ。この緑のそよ風のほうが、よっぽど気分がいい」

そう言って、いきなり「緑のそよかぜ……」という小学校の唱歌みたいなのを歌いだしたのには、風見子は笑ってしまった。

「ノムさん、苦労がないひとねえ」

「なんだいそりゃ？　アホっていう意味かな？」

「そうじゃないけど、いいなあとか思って」

「おれが？　いいわけないじゃない。バイトばっかしでさ、食うのがやっと。いまどき流行《はや》らない苦学生なんていうの、ちゃんとやってんだもんね」

「ねえ、ノムさんのお父さんて、何やってるひとなの？」

「おやじか、おやじのことは話したくないんだ」

「あら、どうして？　亡くなったわけじゃないんでしょ？」

「ああ、生きてる」

「じゃあ、何なの？」

「風見子みたいな幸福な女のコには分かりっこないの」

「ふーん、そうなの……」

何か言えないような事情があるらしい——と思って、風見子は質問を打ち切った。

「良寛も家庭的にはあまりうまくいっていなかった人みたいね」

話題を転換したつもりだが、やはり野村の家庭の事情に抵触しそうな内容になってしまった。かといって、こっちのほうは避けて通るわけにはいかない。

「ほんの思いつきみたいなことで良寛を選んでしまったけど、難しいテーマだなって、ちょっとビビッちゃってるのよね」

「え？　風見子もかよ、驚いたなあ、じつはおれもなんだ。一茶なんて、『そこのけそこのけお馬が通る』だとか、『痩《や》せ蛙《がえる》負けるな一茶ここにあり』だとか、『やれ打つな蠅《はえ》が手をする足をする』とか、そういうガキッぽい俳句ばっかし作っていた、田舎のじいさんだと思ったら、これがぜんぜん違うみたいなんだよね」

「違うって、どう違うの？」

「うーん、どうって、簡単には言えないけどさ、とにかく相当な人物らしい。最後は長野県の柏原で寂しく死んだみたいだけど、若い頃は江戸に出たり、関西や四国辺りまで旅行したりして、ただのネズミじゃないって感じだな」

「旅行なら松尾芭蕉のほうがうんと有名なんじゃない？　『奥の細道』だとか、それに辞世の句に『旅に病んで夢は枯れ野をかけめぐる』っていうのがあるくらいだし」

「まあね。しかし、一茶だって芭蕉に負けないくらい旅をしているみたいなんだよね。あのね、昔は旅行することが最大の贅沢《ぜいたく》だったらしいね。とにかく、旅をするにはめちゃくちゃに金がかかったんだな。だから参勤交代なんていう制度を使って、大名どもを疲弊《ひへい》させるなんてアイデアを考え出すわけだ。その贅沢な旅行を、芭蕉にしろ一茶にしろ、えんえんやってるわけだろ。こりゃふつうじゃないと考えて間違いはないね」

「だから、ふつうじゃないって、どういうことなのよ」

「このあいだね、ある小説で読んだのだけど、葛飾北斎《かつしかほくさい》という人物が隠密《おんみつ》だったという話なんだ。北斎も同じように旅行好きで、あっちこっちへ行っている。もし北斎が隠密なら、一茶だって隠密だったかもしれないじゃないか……ってね、そう思えてきたんだ」

「そんなの、小説の世界の話でしょう。卒論にそんなこと書いたら、笑いものにされちゃうわよ」

「そうかなあ、必ずしもそうとは思えないんだけどなあ……」

野村は残念そうにしばらく黙ってから、また言い出した。

「そうそう、じつはね、興味深い事実を発見したんだけどね、葛飾北斎と小林一茶とはほぼ同じ年代の人物なんだよ。このこと、知っていた?」

「ううん、知らない。ほんとなの?」

「ああほんとだ。確か二つか三つか、とにかくそれくらいしか違わないんじゃないかな。北斎のほうが上だけれどね」

「ふーん、そうなの」

「それはかりではないのだ」

野村は少しもったいぶったような口調になって、言った。

「風見子の良寛さんだが、この坊さんも、北斎より二つか三つ歳上《としうえ》の人物なんだ」

「へえー、ほんとう」

風見子もがぜん興味を惹《ひ》かれた。

「それじゃ、良寛と一茶は越後と信濃っていう、隣みたいなところで同時代を生きていたんだ。だからなのね、私たちが良寛さんと一茶とをゴッチャにしてしまうのは」

「そうかもしれないな。生きた時代も、やっていたことも、似たようなものだものね」

「だけど、その、一茶隠密説はどうかしらねえ、あまり感心できないわねえ」

「そうかなあ、芭蕉隠密説っていうのだってあるんだよ。良寛だって隠密だったのかもしれない」

「まさかァ……やめてよ、ひとの領分にまで変てこりんな説を導入するのは。こっちは純粋に学術的にやるんだから」

風見子はなかば本気で、野村の饒舌《じょうぜつ》にストップをかけた。

良寛が隠密だったかもしれない——なんていうことを聞いたとたん、春休みのあの日に、五合庵で起きたという殺人事件のことを思い出してしまった。

(いまのいままで忘れていたのに——)

風見子は気分が滅入《めい》ってきた。いま自分は、確実にその「殺人現場」に近付きつつあるのだ、ということが、ひしひしと胸に迫ってきた。

6

予定では真っ直ぐ西山インターから出雲崎へ向かうつもりだったのに、風見子は長岡の分岐点で針路を北にとった。西山とは逆方向である。

三条燕インターで下りて岩室温泉へ向かう。

「先に宿、決めておいたほうがいいでしょう」

言い訳がましく、提案した。

「ああ、いいよ。どうせおれは民宿に泊まるんだし、なんなら野宿でも構わないんだ。女王さまのチェックインだけしとけばいい」

「いいから、ノムさんも一緒に泊まりなさいよ。人畜無害なんでしょ？」

「え？　おれも？　やだよおれ、そういうところ嫌いだし、それに……」

「宿泊費なら心配しないで大丈夫。少し余分に持ってきたから」

「そういうことじゃなく……風見子、おれを怒らせないでくれよ。これでも一応、男なんだからさ」

野村は悲しい眼をした。

「ごめん、生意気なこと言ったりして。ちょっとね、私、寂しかったから」

「寂しいって、どうして？　何かあったのかい？」

「ううん、そういうわけじゃないけど、出雲崎の風景を思い出したせいかな。それに、五合庵のそばで、この前のとき、いやなことがあって、それが気になったのかもしれないわね」

「いやなことって、何だい？」

「人がね、人が殺されたの」

「えっ？　殺人事件かい？」

「そう、その殺された人なんだけど、私と母が見ているのよね、その人のこと」

「ほんとかよ？」

「ええ、ほんとよ。それで、いま頃になって、なんだか気になってきちゃったの。怖いっていうのかな。よく分からないけど、背筋がゾクゾクするような感じ」

「そうか、そういうことがあったのか。それじゃ気味が悪いよな。だけど、警察は喜んだだろう？」

「喜ぶって、何を？」

「だってさ、目撃者がいたんだもの、警察は喜んだだろう？」

「知らないわよ、そんなこと」

「知らないって、警察はありがとうとも何とも言わなかったのかい？」

「だって、警察、行かなかったもの」

「行かなかった？　じゃあ、警察にそのことを話していないのか。そりゃまずいんじゃないの？」

「だって、私たちが見たのは、殺された男の人のほうだったし、一緒にいた男がどういう人相だったかなんて、ぜんぜん見ていないんだもの」

「えっ？　もう一人の男のことも知っているのかい？」

「ええ、だって二人並んで歩いてきたんですもの」

「だったら、そいつが犯人かもしれないじゃないか。それヤバイよ、警察に知らせたほうがいいよ」

「知らせるっていったって、その人の顔を見てるわけじゃないし、それに、警察、嫌いだし、いろいろ面倒臭いし……」

「だけど、黙っていると、ほんと、ヤバイことになるよ」

「平気よ。黙っていれば、警察だって私たちのこと、知りっこないもの」

「警察は知らなくても、犯人は知っているじゃないか」

「犯人が？」

「そうさ、犯人は風見子とお母さんの顔を見て知っているじゃないか。つまり目撃者として、狙《ねら》われるに決まってるよ」

「だって、私は犯人の顔なんて見ていないわよ。母だって見ていなかったと思うわ。

その人、ずっとうつむいていたし、コートの襟を立てていたし……それに、まさかその男の人が殺人を犯すなんてこと、知らないもの。もし知っていれば、もう少しちゃんと見ていたかもしれないけど……だから、犯人が私たちを狙うはずがないのよね」

「ばっかだなあ……」

野村は慨嘆した。

「風見子たちが犯人の顔や風体を見ていないなんて、犯人は知りやしないんだよ。現場付近で出会ったのなら、てっきり顔を見られているものと思い込んでいるさ。その場合どうする？　おれなら、間違いなく目撃者を消すだろうね」

「ほんとに？……」

風見子は思わずブレーキを踏んだ。後ろについていたトラックが、危うく追突しそうになったらしく、脇を擦り抜けざま、「ばっきゃろう！」と怒鳴って行った。

風見子は心臓が凍りついたような気がしてきた。もうほんの少しで岩室温泉のある集落なのに、なんだか、動くのが恐ろしくなってしまった。

あのときの情景が、にわかに脳裏にあざやかに蘇ってきた。声高に喋りながら歩いていた、あの「被害者」のさっそうとした様子。その脇で陰気くさく顔を伏せて歩いていた男——。

「そういえば、あの人、変なことを言ってたみたい……」

すっかり忘れたつもりでいたのに、キーワードが分かると、どんどん解けてしまうパズルゲームのように、次から次へと記憶がスクリーンに映像を映し出しはじめた。

「変なことって、何だい？」

野村は真剣そのものの表情で、風見子の顔を覗き込んだ。

「あのね、ええと、たしか京都で死んだとか言ってたのよね」

「京都で死んだ？　誰が？」

「誰だったかしら？　たしか名前を言っていたのだけど……」

風見子はじっと考えたが、結局、名前は浮かんでこなかった。

「それじゃ、もしかすると、京都でも別の人間が殺されているのかもしれないね」

「やだあ、脅かさないでよ。もうだめ、独りでなんか泊まれないわ。ノムさん、あなたも一緒に泊まりなさいよ。そうだわ、これは命令よ。何でも言うことときくって言ったじゃないの。犬にだってなるって」

「いや、そりゃそうだけどさ、こればっかりはだめだよ。ヤバイよ。仮にもおれ、男なんだよ」

「あ、そう、分かったわ。私がその犯人に殺されてもいいって言うのね。まったく嘘《うそ》つきなんだから。ボディーガードでも何でもやるなんて、調子のいいこと言ってたくせに」

「そりゃ、やるけどさ、ボディーガードの前にオオカミになっちゃうかもしれないじゃないか」

「嘘ばっかし。ノムさん、人畜無害なんでしょ？　だったら平気なはずじゃないの」

「参ったなあ、おれ、いったい、どうすりゃいいのさ」

「私の言いなりになってればいいの」

風見子はアクセルを踏んで、「ホテル大橋」の門を目掛けてハンドルを切った。

第二章　骨が出た湖

1

　もののはずみというのは恐ろしいものではある。田尻風見子が野村良樹とひとつ宿の同じ部屋に泊まるなどという破廉恥《はれんち》を、いったい誰《だれ》が予測できただろう——と、風見子自身、呆《あき》れてしまう。

　しかし、風見子は自ら望んで、野村を「ホテル大橋」に「連れ込んだ」のである。

　ホテルのフロントは風見子の顔を憶《おぼ》えていた。

「この前はたしかお母さまと……？」

　風見子の顔を見て言って、すぐに背後にいる野村に気付いて、なんとも複雑な表情を浮かべた。

「今度は兄を連れてきたんです」

風見子は先手を取って、言った。

「ああ、さようですか、それはそれは」

何が「それはそれは」なのか分からないが、フロントの青年は安心したように、部屋の鍵《かぎ》を係の女性に渡した。野村が「兄」に見えるはずがあるとは思えないのだから、万事心得ている――ということなのだろうか。

そういうことを勝手に想像して、風見子は廊下を歩きながら赤くなった。

前回、母親と泊まったのと同じ、二階の割といい部屋に通してくれた。大きな部屋と、その奥に小さな部屋がある。仕切は襖《ふすま》があるだけだけれど、風見子はほっとした。

「兄の布団、あっちのお部屋に敷いてくださいね」

部屋に入るなり、係の女性に念を押した。

「はいはい、そういたします」

女性は答えながら、ニコニコ笑っている。

考えてみると、まだ三時を過ぎたばかりである。夕食も済まないうちから、夜寝る際の布団の位置を気にしているなんて、ふつうではない。

(語るに落ちたかしら――)

風見子はまた赤くなった。

夕食の時間を確かめて、女性が「ごゆっくり」と引き上げてしまうと、なんとも気詰まりな状態になった。

「一服したら、五合庵っていうの、行ってみようよ」

野村が提案した。

「一服」どころか、野村はさっきから連続して煙草《たばこ》ばかり吸っている。下手な役者は手持ち無沙汰《ぶさた》をごまかすために、煙草を吸わないではいられないのだそうだけれど、いまの野村がそうなのかもしれない。

「そうね、行きましょう」

風見子はすぐに立ち上がった。

ハンドルを握って、助手席でほっとしたような顔をしている野村を横目で見ながら、風見子は同じ密室でも、旅館の部屋より車の中のほうがはるかに広いような気がした。これは大発見といってもいい。

岩室温泉というのは、もともと弥彦神社に来た人たちが、参詣の帰りに泊まって、ひと騒ぎしてゆくところだったのだそうだ。いまでもその伝統が生きていて、旅館の数は十軒ぐらいしかないのに、芸者は百人近くもいて、結構、商売になっているらしい。

岩室から弥彦までは、車でほんの十分というところだ。そこからさらに十分。良寛が住んだ五合庵のある国上山は、弥彦山と峰つづきのような、標高三百メートルちょっとの山である。

国上山の山裾《やますそ》を、南西側の麓《ふもと》に迂回《うかい》したところに、「国上寺《こくじょうじ》・五合庵」という表示が出ている。真言宗国上寺の境内に、五合庵はあるのだが、良寛のお蔭《かげ》で、いまでは五合庵の名前のほうが有名になってしまったらしい。

母親と来たときは、広大な国上寺山域のいちばん下の寺だけ見て、肝心の五合庵を見ないで引き返したけれど、今度はそうはいかない。

(卒論用にしっかり見ていかなければ……)

この前のときは、雪もよいで寒かったし、暗かったし、おまけに境内に誰もいなかったせいで、風見子も母親も元気がなかった。今日は天気もいいし、観光客なのか信者なのか、中年のグループや二人連れにも出会った。それに、まあ、少しは頼りになりそうな野村もついているし、気分的には悪くない。

車を駐車場に置いて、国上寺の境内に入った。案内板によると、五合庵は本堂に至る参道の途中、山の中腹近くにあるらしい。

急な石段に差し掛かったとたん、風見子はあの日に出会った例の二人連れの男のことを思い出した。

「あの辺で擦れ違ったのよね」

後ろを振り返って、言った。

「擦れ違ったっていうと、殺された男のことかい？」

野村はカメラを石段の上に向けて、レンズを覗《のぞ》きながら言った。

野村はかなりの写真マニアで、食うや食わずのくせにアルバイトの稼ぎの半分ぐらいをカメラ道楽に注《つ》ぎ込んでいるのだそうだ。風見子にはよく分からないが、むやみに長い望遠ズームをつけて得意になっている。

「うん、私とママが向うへ引き返そうとして、ここから歩き始めたばかりのとき、あそこのお堂みたいなところを曲がって、二人が並んでやってきたのよ」

風見子が指差したのは山門である。山門といっても、仁王像が立っているような大《おお》袈裟《げさ》なものでなく、ちょっとした屋敷の冠木門《かぶきもん》程度のものだ。

「それで、その辺で擦れ違って、そのとき、何とかという人が京都で死んだとか言ってたのよね」

「その何とかっていうの、何なのかわからないの？」

「うん、分からない、なんだか人の名前みたいじゃなかったんだけどなあ」

　野村が何枚かシャッターを切るのを待って二人は石段を登りはじめた。細くて急な石段だった。横に並んでは歩けない。風見子はキュロットスカートだったが、それでも野村を先に行かせた。

　五合庵は思ったよりずっと近かった。歩いて五分といったところだろうか。

「なんだ、こんなところにあったの」

　風見子は拍子抜けした。こんなことなら、あのときだって登ってくればよかったのである。

　昼なお暗い杉木立の下に、三メートル四方ぐらいの小さな木造の建物――というより小屋といったほうがピッタリの庵《いおり》である。

　四面のうち、背後の二面だけが板壁になっていて、あとの二面は板戸もない、殺風景な建物だ。夏は涼しくていいかもしれないけれど、冬は板戸をめぐらせるのだろうか。それにしたってずいぶん寒そうだ。

「ねえ、昔の人って、こんな家に住んでいたのかしら?」

「まさか、皆がみんなそうじゃないだろう。良寛さんみたいな修行を積んだ坊さんぐらいなものじゃないの?」

野村はまたカメラを覗いた。望遠を外したりフラッシュをつけたりで、何やら忙しそうだ。

「修行を積んだって、寒いのに変わりはないんじゃないの？」

「そうとは言いきれないよ。心頭滅却《しんとうめっきゃく》すれば火も涼しいのだそうだから」

「そんなの負け惜しみでしょ。それにしても、こんなところで、良寛さんはいったいいくつまで生きたのかな？」

「なんだ、そんなことも知らないで卒論書くつもりかよ」

「いいじゃない、これから調べるんだから」

「へえー、呑気《のんき》なもんだねえ」

「じゃあノムさんはどうなのよ、一茶はいくつまで生きたのよ」

「一茶は一七六三年に生まれて、一八二七年に死んだから、ええと六十四歳か」

「へえー、さっすがァ。ちゃんと調べてるのねえ」

「そんなに感心するほどのことかよ。年表を見ればいいんだから」

「でしょう、簡単よね、私だって資料ぐらいちゃんと持って来てるわよ。ただ、まだ読んでないけれどね」

五合庵の縁先に署名簿が三冊出ていた。パラパラとめくってみると、けっこう遠いところから来ている。東京はもちろん、大阪、岡山、福岡などというのもあった。

「ねえねえ、いまふと思ったんだけど、あの時の男の人、これにサインなんかしてないかしら？」

「どうかな……」

野村も興味を覚えたらしい。二人並んで署名簿を丹念に読み始めた。

「その人、名前なんていうの？」

途中で気がついて、野村は訊《き》いた。

「知らないわよ、そんなこと」

「ばかだなあ、知らないで名簿見たって、何も分かりゃしないじゃないか」

「そんなこと分かってるわよ。だけど、なんとなくこうやってると、考えも出てくるかなとか思っただけなんだから。それに、いろんな人の名前があって、面白いじゃない」

たしかに、署名簿に記載してある他人の名前を見るという作業は、どことなく覗き趣味を満足させるようなところがある。

「警察だって、そのくらいのことは考えているだろうな」

野村が分別くさく言った。

「それもそうよね」

風見子はようやく署名簿を縁先に戻した。

2

「海を見てから帰ろうよ」

車に戻ると、野村は言った。風見子もそれには賛成だった。食事の時間まで、まだたっぷり間があるという理由ばかりではない。なんとか、あの気詰まりなホテルの部屋に入る時間を遅くしようという、きわめて消極的な魂胆だ。

それにしても、女の風見子がそういう気持ちになるのは分かるとして、野村のほうが率先《そっせん》して「回り道」を提案するのは、いかにも「人畜無害」の評判どおりだわ――と風見子はおかしくてならなかった。

新信濃川の堤防沿いに海へ向かう。

思ったより早く河口に出た。長い橋が架かっている。地図には「野積橋《のづみばし》」とある。この付近の地名を野積というのだそうだ。

橋の向うが寺泊《てらどまり》、その先は出雲崎である。出雲崎まで行く時間はないが、風見子は対岸に向かってハンドルを切り、橋のちょうど真中辺に車を停《と》めて、しばらく景色を眺めることにした。

橋の高さは五十メートルはありそうだ。下を見ると怖いくらいである。橋の上流には二段の堰《せき》があって、流れ落ちる水が豪快な飛沫《しぶき》を上げている。一転して海側を見ると、太陽が日本海に傾き、金波銀波がキラキラと輝いている。思わず嘆声が洩《も》れるような、すばらしい眺めだった。

野村は早速、カメラを構えて、何枚かシャッターを切った。

河口に二艘《そう》、手漕《てこ》ぎの小舟が出て、何かの漁でもしているのか、くっついたり離れたりしながら、のんびりとたゆとうている。ほとんどシルエット状になっていて、それがまた夢幻のような雰囲気を醸《かも》し出していた。

小舟の一人がこっちに気付いて、手を上げた。僚船の男に何か言っているようだ。

風見子もそれに応《こた》えて手を振ってみせた。

「やめなよ、ガキッぽいなあ」

野村は照れて、さっさとカメラを引っ込めると、車の中に潜り込んだ。

風見子はわざと、いっそう手を振った。野村は車の窓から「行こう行こう」と呼んだ。

橋を渡り、寺泊の街でUターンをして、岩室方向への帰路についた。夕日が国上山や弥彦山の背に隠れると、黒ぐろとした山とは対照的に、稜線《りょうせん》が金色に輝いて美しかった。

ホテルに着くと六時を回って、ちょうどいい時間だった。

「お湯に入っておいでなさいませ、そのあいだにお食事の仕度をしておきますので」

係の女性に勧められて、二人はタオルと浴衣を持って浴場へ降りて行った。

もちろん男湯と女湯はべつべつだが、野村と並んで廊下を歩きながら、風見子は胸が苦しくなってきて困った。

そんなに汗をかいたわけでもないのに、風見子は無意識にいつもより念入りに体を洗った。部屋に戻ると、野村はとっくに出てきたらしく、灰皿の中にはもう三本の吸殻が散らばっていた。

テーブルの上にどんどん料理が並び、係の女性が「お飲物はどうなさいます?」と訊いた。

「いや、何もいりません」

野村が答えた。なんだか声が上擦《うわず》っていて、おかしい。

「ビールの一本ぐらいいいんじゃない?」

風見子はもの慣れた調子で言った。

「兄さんだって、飲むんでしょう?」

「え? うん、まあ……」

野村はびっくりして、慌てて応えた。演技は下手くそで、ぎごちない。

「おビールでしたら、そこの冷蔵庫に冷えておりますから」

女性はにこやかに言って、「それではどうぞ」と引き上げた。

「まったく、ノムさんて大根なんだから」

風見子は不満そうに唇を尖《とが》らせた。

「そんなこと言ったってさ、おれ、こういうの苦手だから」

「私だって苦手よ、しようがないからやってるだけよ」

「そうかなあ、そうは見えないなあ。なんだか嬉《うれ》しそうだしさ」

「嬉しそうって、何が嬉しいのよ」

「いや、何がってことないけどさ、嬉々《きき》としてやってるって感じだもんな」

「うっそ……呆れちゃうわねえ」

風見子はむきになって野村を睨《にら》んだが、気持ちが浮《うわ》ついているのは、自分でも感じた。

「とにかく食べましょうよ」

料理はカニと刺身の盛り合わせと天麩羅《てんぷら》。前回の時とほぼ似たり寄ったりだ。

「こんなに豪華なのを食って、高いんじゃないのか?」

「貧乏くさいこと言わないの。一年に一度ぐらいいいじゃないの」

「いや、一年に一度どころか、おれなんか、四年に一度だぜ」

ビールは三分の二は風見子が飲んだ。野村はどこまでも引っ込み思案を続けるつもりらしい。

「ノムさんて、養子が合ってるかもね」

「ああ、おれもそう思う」

この分なら、今夜は何も起こりそうにないな――と、風見子は安心と失望を、こもごも感じていた。

食事が終わると、テレビを見るぐらいしか、ほかにすることがない。野村はそらぞらしく一茶の資料なんかを出して、テーブルの上に広げたりしている。

風見子も仕方なくそれを見倣《みなら》った。八尋舜右《やひろしゅんすけ》という人の書いた『良寛』という本が、持参した唯一の資料である。良寛に関する書物はたくさんあったが、その中で、読み易《やす》くて、写真がいっぱいあって、それに、ところどころ観光案内みたいな紹介記事が載っているので、この本を選んだ。

最後のほうに年表があった。

「一七五八年に生まれて、一八三一年に死んだのか……とすると、七十三歳ってわけね。一茶よりは長生きしたんだわ」

「煩《うるさ》いなあ、黙って読めよ」

野村は文句をつけた。

「意地悪ねえ、いいじゃない。昼間、ノムさんが言ってたみたいに、良寛も一茶もほんと、同じ時代を生きたんだなあって、感心してるんだから」

「いまごろ気がついたって、偉くもなんともないよ」

「いいから、ちょっとそっちの本も見せなさいよ」

風見子は野村の本を取り上げて、一茶の年表と良寛の年表を比較してみた。

良寛　一七五八年生　一八三一年没
一茶　一七六三年生　一八二七年没
「死んだのは逆に一茶のほうが早いのね。だけど、いまから二百年ぐらい前は、良寛も一茶も、いまの私たちみたいに、青春真只中《まっただなか》だったんだ」

風見子はそう言いながら、なんだか、厳粛な気持ちに襲われた。

「うーん、なるほどねえ、ほんとにそういうことなんだよなあ……」

野村も妙に深刻そうな顔をしている。

「同じ時代の同じ年頃《としごろ》の二人なんだもの、少し離れているけど、似たような境遇だったんだし、考えることや理想なんかも同じようなものだったかもね。それに、二人とも若い頃から遠くへ行っていたり、放浪していたりしたのなんかも、そっくりみたいだし」

年表を眺めながら、風見子は次第に、この二人の性格や生活ぶりの類似点《るいじてん》に興味を覚えていった。

良寛は出雲崎の名主の家に生まれ、十八歳のときに出家、二十二歳のとき、師の国《こく》仙和尚《せんおしょう》に連れられて岡山県の玉島にある円通寺《えんつうじ》というところに行く。そして三十九歳の秋に帰郷し、翌年から五合庵に棲《す》むようになるのだが、その間の十数年、どこで何をしていたのか、あまりはっきりしないらしい。ずうっと円通寺で修行をしていたわけでなく、四国のほうまで行脚《あんぎゃ》していたという説もあるが、確かな根拠はないようだ。

一方の一茶は信濃国水内《みのち》郡柏原村（現長野県上水内郡信濃町柏原）の中農の家に生まれ、十五歳の春に江戸に出ている。二十五歳のとき、葛飾派の二六庵竹阿《ちくあ》という俳人の門に入り、翌年、はじめて「一茶」と号した。二十九歳のとき下総《しもうさ》と郷里に旅したのを皮切りに、その後、五十一歳で帰郷するまでのあいだ、ほとんど毎年のように長い旅を続けている。

一茶の旅は、回数も距離も、芭蕉のそれに匹敵するほどのものだが、その点、良寛の場合は数においてはるかに少ない。三十九歳で帰郷してからは、出雲崎と国上山の五合庵を中心に、ほぼ郷里の越後に定住していたようだ。

年表を辿《たど》っていた風見子が、突然、ギョッとして、視線を停めた。

「これ……」

言いかけた言葉が喉《のど》の奥で詰まってしまった。

「なんだい？　どうかしたのかい？」

野村が驚いて、テーブルの向うから、風見子の顔を覗き込んだ。

「この人……良寛のお父さん、以南《いなん》ていう人、京都で自殺してる……」

「へえーっ、ほんとかよ、面白いねえ」

野村は陽気な声で言って、風見子が指で示した場所の文字を読んだ。

「一七九五年七月二十五日、以南、京の桂《かつら》川に投身自殺——か、なるほどねえ」

「この人なのよ、これなのよ……」

風見子は声が震えた。

「なんだよ、どうしたんだよ？」

野村は呆れて、青ざめた風見子の顔を心配そうに見つめた。

「だから、ほら、あの五合庵のところで擦れ違った二人連れの男の人の、殺されたほうの人が喋《しゃべ》っていたの……京都で死んだっていうあれ、『イナン』て言っていたのよ」

「ふーん、そうなのかあ……」

野村はあらためてまじまじと、年表に見入った。

3

風見子の発見はたしかに興味深いものであることにはちがいないが、野村にしてみれば、そんなに興奮するほどの事実ではなかったらしい。

「そうなのか、良寛の親父《おやじ》さんは自殺しているのか」

そのことにだけ、興味があって、風見子のほんとうの驚きは伝わらない。

「そんなことを言ってるんじゃないの」

風見子はいらだって、つい口調がきつくなった。

「その殺された人がよ、『以南が死んだ』って言ったことの重大さを考えてよ」

「ん？　どうして、どうしてそんなに重大なのさ？」

「だってそうでしょう、その人、そういう専門的なことを口にしていたくらいなんだから、私と同じように、良寛の研究をしている人だっていうことでしょう。他人事《ひとごと》じゃないかもしれない」

「ばっかだなあ……」

野村は大袈裟に呆れてみせた。

「風見子が良寛の研究をしているっていったって、そんなの、まるで次元が違うよ」

「あら、どうして？」

「どうしてって、風見子はたったいま、良寛の父親が以南ていう名前だってことを知ったばかりの、ほんのトーシロウじゃないか。いくらなんだって、研究してるなんてさ……」

「おこがましいって言いたいのね。だけど、そんなことないわよ。誰だって、最初はみんな駆け出しのトーシロウなんだもの。程度の差はあっても、良寛を研究していることには変わりないんだから」

「そうかなあ……そうとは思えないけどなあ……」

野村は気弱そうに反論したが、それ以上、風見子のプライドを損《そこ》なうのは得策《とくさく》ではないと考えたらしく、語尾を濁して、また年表に視線を落とした。

「私が言いたいのはね」

風見子は言った。

「殺された人もそうだけど、もう一人の男の人も良寛の研究者だったのじゃないかっていうことなのよ。だってそうでしょう？　そうでもなければ、『以南が京都で死んだ』なんていう専門的な話題を、殺された人が話すはず、ないじゃない？」

「なるほど、それはたしかに言えるねえ」

野村はようやく同調した。

「でしょう？　もしかすると、このこと、警察は知らないんじゃないかしら？」

「だろうね、知らないよきっと。やっぱし、教えてやったほうがいいんじゃないかな」

「いやよ、そんなの……」

風見子は慌てて拒否したが、そのことはいつまでも、頭の襞《ひだ》みたいなところに引っ掛かりそうだった。いまだって、もし、野村に強く勧められたら、ほんとうに警察に通報したくなってしまうかもしれない。

ところが、ちょうどそのとき、野村は新しい興味の対象を発見して、夢中になった。

「風見子、風見子、ちょっと見ろよ、面白いことに気がついたよ」

「何よ?」

「良寛の親父さんが死んだ時、良寛はどこに行っていたのか調べてみようと思ったんだけど、どうやら所在不明らしいんだよね。ところがさ、面白いことがあるんだ」

野村は二つの本の年表を付き合わせた。

「いいかい、以南が桂川に飛び込み自殺をしたのは、一七九五年の七月二十五日だろう。ところがさ、こっちの年表を見ると、一茶が四国方面の旅を終えて、京都に入ったのが、同じ『一七九五年の夏』だったんだ」

「あら、ほんとだわ」

風見子もその偶然の一致には、少し興味を惹《ひ》かれた。

「な、面白いだろ? 良寛と一茶は、越後と信濃という、隣りあったところに生まれて、同じ時代を生きて、しかも放浪生活をしていたんだからさ、どこかで何かの接点がありそうなものじゃない? ところが、そういう事実はちっとも出てこないで、その代わり、良寛の父親が自殺した時、もしかしたら一茶は京都にいて、その事件のことを知っていたかもしれないっていうの、これ、ただの偶然にしちゃ、出来過ぎてるよね」

野村の目は異様な光を帯びてきた。風見子はそういうきびしい顔つきの野村を見るのは、はじめてだった。

「いったい、良寛の父親は、なんだって自殺なんかしたんだい？　それも、わざわざ京都まで行ってさ」

「そんなこと、私が知ってるはずないでしょう。たったいま以南ていう人の名前を知ったくらいなんだもの。これからこの本を読んで、研究してみるわ」

「その前にさ、今晩、おれにこの本貸してくれないかな、ちょっと調べてみるから」

「そりゃいいけど、だけどノムさん、まさか私の良寛にチョッカイを出すんじゃないでしょうね？」

「そんな、彼氏を取られそうな、ブスの女みたいなことを言うなよ。そういう趣味はおれにはないんだからさ」

「オーケー、じゃあノムさんは、今夜ひと晩かかって、この本を読破するのね」

「ん？　ああ、まあ、そういうことかな」

野村は急に、目の前にいるのが妙齢の美女であることを思い出したように、落ち着かない目の動きを見せた。

またタイミングよく、係の女性が床をのべに来た。

「お兄さまのはあちらのお部屋にお敷きするのでしたね？」

あらためて念を押してから、押入の布団を隣の部屋に運んで行った。

テーブルはそのままにして、隣室とはテーブルを挟んで反対側に、風見子のための布団が敷かれた。

「では、ごゆっくりお休みなさいませ」

丁寧に挨拶《あいさつ》されて、風見子はドギマギしながら「お休みなさい」と挨拶を返した。

二人の距離が近くなったわけでもないのに、布団が敷かれただけで、なんだか艶《なま》めかしい雰囲気が部屋の中に満ちてしまったような気がした。

「おれ、もう少し起きてるからさ、風見子は寝たらいい」

「いいわよ、私だってこんなに早い時間に寝たことないんだから」

「だけどさ、ずっと運転してたし、疲れてるんじゃない？」

「大丈夫だってば」

風見子は怒ったように言って、テレビのスイッチを入れた。画面にいきなりベッドシーンが映《うつ》った。何かそういうドラマをやっているらしい。風見子は大急ぎでチャンネルを切り換えた。

若い女の入浴シーンが出た。温泉巡りのルポルタージュ番組だった。野村の目が、テレビ画面を通して自分の裸体を見ているような連想が働いて、風見子は慌ててスイッチを切った。

「ノムさん、ここで本を見るなら、私があっちの部屋で寝るわ」

風見子は言った。

「あ、悪い悪い、おれが向うへ行けばいいんだよね。そうするよ」

立ち上がったが、すぐに困った顔をして、

「だけど、夜中にトイレへ行くとき、この部屋、通っていいかな?」

「そりゃ……まあ、仕方ないわよね」

それならいっそ、自分が奥の部屋に寝ればいいのだが、なぜか風見子は、それは提案する気にはなれなかった。もしかすると、何かが起こるかもしれない、そのハプニングというかアクシデントというか、そういう事態が発生することに、ほんのちょっぴり、期待めいたものがあることを、風見子はあえて否定はしない。

床に入ってからも、ずいぶん長い時間、風見子は隣室で野村が本のページを繰《く》るひそやかな音に聞き耳を立てていたが、そのうちに、いつのまにか眠った。

4

車が走りだすと間もなく、野村はしきりに欠伸《あくび》を始めた。

「やあねえ、そんなに眠かったら、シートを倒して眠ればいいのに」

「ごめんごめん、昨夜、ほとんど一睡もしなかったもんだからさ」

「ばかみたい、なにも、そんなにまで根つめて、本を読むことないじゃない」

「いや、本のほうはさ、割と早く読んじゃったんだけどさ……正直なことを言うと、風見子のことが気になって、なかなか寝つかれなかったんだ」

「私のことが？」

「ああ、隣の部屋に風見子が寝ているって考えだしたら、すっかり目が冴《さ》えちゃってさ。それに……」

言いかけて、野村は言葉を呑《の》み込んだ。

「それに、何よ？」

「いや、何でもない」

「やあねえ、言いかけてやめるなんて。そういうところがノムさんの優柔不断なところなのよね。だから人畜無害なんて、ナメたことを言われたりしちゃうんだわ」

風見子は、野村が女子学生たちにばかにされることに義憤を感じているような、強い口調で言った。

「何なのよ？　言いなさいよ」

「言うけどさ、軽蔑《けいべつ》されるから」

「軽蔑なんかするわけないでしょう」

「そうかな、だけど……つまり、おれって、いやしいやつだっていうことだよ」

「いやしい？　まさか、それだったら私だって負けちゃいないわよ。きのうのお刺身、残しちゃったの、あれ、損したかなって、いまでも後悔してるんだから」

「そういうんじゃなくてさ」

野村は苦笑した。

「つまり、おれさ、昨夜っていうか、明け方近かったけど、トイレに起きてさ、風見子の傍《そば》通ったとき、もうちょっとでさ……」

「何よ、もうちょっとで、何よ……」

とぼけて訊き返しながら、風見子は心臓がドキドキした。

「だからその、つまり、抱きたくなっちゃってさ、衝動的に」

「ばっかねえ」

「ほらみろ、ばかにするじゃないか」

「そりゃそうよ、ばかみたいなんだもの」

風見子はけたたましく笑った。笑いながら、なぜか、野村と反対側の目から涙が出るのを感じていた。

「そういう時は、思いきって抱いてみればいいのよ」

「えっ？　えっ？　ほんとかよ、ほんとにそうだったのかよ？　じゃあ風見子、許しちゃったりするわけか？」

「するわけないでしょ、ぶん殴《なぐ》ってやるわ。だけど、男なら試しにってこと、あるんじゃない？」

「そうかなあ、しかし、おれ、養子の身分だし……」

「やあねえ、養子だって男でしょう」

野村は黙った。もしその時、思いきって襲っていたら——などと考えているにちがいない。

昨日の野積橋を渡って、寺泊の町を通って出雲崎に入った。風見子にとっては、すでにいちど見たところだから、どうでもよかったけれど、野村が見たいというので、良寛堂だけチラッと覗いてゆくことにした。

「古い町だなあ」

幅の狭い旧道をゆっくり走った。野村は左右の黒く煤《すす》けたような街並をキョロキョロ見ながら、しきりに「古い古い」を連発している。こんなに好奇心の強い男も珍しい。

良寛堂に立ち寄ったが、昔、ここに良寛の生家があったというだけのことで、それほど見るべきものはない。野村もあまり気がなさそうに、それでもお義理みたいに写真を撮っていた。

むしろ山側にいくつも残っている神社や寺に歴史的価値があるのだけれど、それらはいずれもものすごく急な石段を登らなければならないので、風見子のほうで御免こうむることにして、すぐに出雲崎を後にした。

出雲崎から北陸自動車道まではごく近い。この辺りの道路は、古い道と新しい道との落差が極端だ。いかに長いあいだ、中央の文化や文明に立ち遅れていたか、その後、いかに急速に政治の恩恵を恣《ほしいまま》にしたか——が歴然としている。

北陸道ばかりでなく、そこに到るまでの途中の道路も整備されている。行政区の標識を見ると、町の名は「西山町」。例の元首相の選挙区である。

「なるほどねえ、トップ当選するわけだよなあ……」

野村はつくづくと感心した。

「信濃川の氾濫《はんらん》や冷害なんかで、ここの農民はずいぶんひどい生活だったみたいよ」

風見子はその首相を弁護するわけではないけれど、これだけは言っておきたいと思った。

「水上勉《みずかみつとむ》の本を読むと、高崎辺りの飯盛《めしも》り女なんかに、この地方の女たちが大勢、売られているんだって。向うにお墓がたくさんあって、十八だとか二十だとか、若い身空《みそら》で死んだ記録ばっかしだっていうのよね。その反動が現代に出たんじゃないかなって、そうも考えられるのよね」

「ふーん、風見子って、案外、おとななんだ」

野村は風見子の横顔をまじまじと眺めた。

「やあねえ、子供だと思っていたわけ？」

言いながら、風見子はバックミラーの中が気になっていた。

「ねえ、ノムさん、ちょっとバックミラーを動かして、後ろの車を見てくれない。気づかれないようにね」

「ん？……」

野村は言われたとおりにした。

「ああ、車がいるけど、それがどうした？」

「さっき、料金所に入る時から、気にはなっていたのだけど、あの車、寺泊からずっとついてきてるみたいなのよね。運転してるのは、サングラスをかけた、ちょっとヤーさんぽい男なんだけど、高速に入ってからもずっと同じ間隔でついてくるのよ」

後ろの車までの距離は三百メートルばかり離れている。

「尾行にしちゃ、ちょっと遠すぎるんじゃないかい？」

「ううん、街中じゃ、すぐ後ろにいたわ。高速だから離れていても見失う恐れがないってことじゃないかな？」

「だとしたら、何者かな？　まさか警察ってことはないだろうね？」

「警察？　どうして？」

「だからさ、五合庵で風見子とお母さんが、犯人らしい男と擦れ違った話を、どこかで聞き込んでさ」

「やめてよ、そんなの、誰にも聞かれた覚えないわよ。それとも、ノムさんがしゃべったりした？」

「まさか……」

野村はもう一度、バックミラーを覗いてから、言った。

「試しに、少しスピードアップしてみたらどうかな」

「うん、そうしてみる」

風見子はアクセルを踏み込んだ。メーターは百キロを超え、たちまち「キンコン」が鳴りだした。

後ろの車はどんどん遠ざかる。追ってくる様子はなかった。

「やっぱし違うのかなあ」

風見子はスピードを緩《ゆる》めた。慣れない道路である。どこでネズミ取りを仕掛けられているか知れたものではない。

「偶然ってことか」

野村は安心したとたん、また大きな欠伸をした。

5

野尻湖は満々と水を湛《たた》えている。人骨が出た現場はもちろん、当時、発掘調査が行なわれていた辺りは百メートルの沖合で、二メートル近い水の底にあった。

浮き桟橋が湖水の中央に向かっていくつも突出し、それぞれの桟橋にはボートが繫《けい》留《りゅう》され、客の訪れを待っている。

ゴールデンウイークを過ぎてしまうと、夏場の最盛期までは観光客もチラホラ程度で、ボート屋の従業員も手持ち無沙汰といった顔をしている。

竹村警部も同じような心境であった。日がな湖を眺めていても、別段、いい知恵が浮かぶわけでもない。にもかかわらず、朝のうちだけ中央署の捜査本部にいて、すぐに湖畔にやってきてしまうのは、本部の停滞ムードがたまらないからである。

野尻駐在所の小林は、本部の警部が毎日のように訪れるので、うんざりしているにちがいない。

「主任さんは捜査本部にいらっしゃったほうが、捜査員の士気の上からいって、いいのではありませんか?」

土瓶の茶を注いでくれながら、言った。

「まあ、そう邪魔にするなよ」

竹村は苦笑した。

「邪魔だなんて、とんでもない」

小林はムキになった。

「いや、常識的にはあんたの言うとおりだがね、おれはどうもデスクワークが苦手の男なんだな。それに、あんたんとこの奥さんが、いいお茶《ちゃ》請《う》けを出してくれるもんでね、ついこっちに足が向いてしまう」

竹村はとぼけたことを言った。

小林は県のずっと南のほう、望月《もちづき》という町の出身で、夫人も同じ町の出だ。なんでも熱烈な恋愛結婚なのだそうである。そういう内輪のことまで話す間柄になってしまった。

竹村が言うお茶請けとは、昼の弁当のあとに出してくれる、夫人が自分で漬けたプラムの砂糖漬のことだ。甘酸っぱくて、これがなかなかいける。

とはいえ、それに惹かれて野尻湖参りをしているわけでないことぐらいは、小林夫婦にも分かりきっている。

こんなところに捜査主任がへばり付いているのは、要するに、捜査が行き詰まっている証拠なのだ。

駐在所の前は国道十八号線が走る。かつて「北国街道」といった主要道が、ほぼ昔のルートに近いところを通って、新潟へ向かう。片側一車線の狭い道路だが、これが峠を下って県境を越えると、とたんに立派な道路に変身する。上越市の北陸道インタ

ーまではバイパスさえ出来ている。元総理の威光がこんな具合にはっきりしていると
ころは、県境のあちこちに散見できる。

「今回の事件のお蔭で、ここにもパトカーを入れていただくことになりました」

小林は嬉しそうに言った。雪道を走るのには、バイクは適当ではない。小さくても
四輪車で、しかもスパイクタイヤを履いていれば、事件現場へ急行することも出来る。

「そりゃよかったなあ」

竹村はプラムの砂糖漬を口の中で遊ばせながら、気のない返事をした。

電話が鳴った。

「本署からです。細田署長です」

小林から受話器をもらったが、すぐには言葉が出ない。プラムを飲み込んで、「も
しもし、竹村です」とかすれた声で言った。

「細田だけどね。人骨の身元が判明したよ」

「えっ、ほんとですか？」

竹村は躍り上がる想《おも》いだった。

「ああ、例の肋骨《ろっこつ》がきっかけでね」

前述したように、被害者には二本の肋骨を切除した、おそらく胸部疾患手術の痕《あと》と

思われる痕跡《こんせき》があった。捜査本部では全国の警察を通じ、外科医や病院に対して、類似した手術のケースがなかったかどうか、またあった場合にはその患者はどうなったか——の追跡調査を、過去二、三十年前まで溯《さかのぼ》って調査しつつあった。その作業がようやく実を結んだということなのだろう。

「もう一つの、弾痕《だんこん》のほうはいかがでしたか?」

竹村は訊いた。被害者にはもう一つ、脛《すね》の骨に弾痕とみられる傷痕があったのだ。脛に傷持つ……というから、何か暴力団関係の人間である可能性もあるとみられていた。

「いや、そっちのほうは何とも言えないがね、とにかく、一応、身元は判明したということだ」

「で、何者だったのでしょうか?」

「東京のHという私立大学の教授で、畑野高秀《はたのたかひで》という人物だ。昭和二年、新潟県与板《よいた》町生まれで、前科の記録はない。三十年前に胸部疾患手術を受けているし、三年前から行方不明になっていたのだそうだ」

「大学教授というと、専門は何なのですか? まさかナウマン象じゃないでしょう?」

「ナウマン象？……いや、詳細はまだだが、文学関係だとか聞いたな。しかし、とにかく、そういう細かいことは、署に戻ってから聞いてくれないか」

細田は不機嫌そうな声を出した。

「夕方、捜査会議を招集する、いいね」

「は、分かりました、それまでには署に戻ります」

竹村は首を竦《すく》めてから、言った。

「とりあえず、東京に誰かを派遣したいのですが」

「ああ、そうしよう」

「中央署のほうは矢野刑事でいいですか。うちからは吉井君に行ってもらいますが」

「ああ、いいだろう、それじゃ私のほうで手配しておく」

細田署長は乱暴に電話を切った。

「新潟出身の男か……」

竹村は呟《つぶや》いた。与板という町は、与板警察署という名前で聞いた記憶がある。警察署があるくらいだから、そこそこの町なのだろう。たとえば、この信濃町などは、人口が一万二千人もいるのに、警察署がないのだから。

被害者の畑野という人物は私立大学の教授だという。昭和二年の生まれというと、今年六十歳。サラリーマンなら定年をとっくに過ぎる年代だ。教授には定年というのはないのだろうか?

三年前に殺されていたのだとすると、まだ五十七歳か。その年齢で教授をしていたというのは、出世としては早いほうなのかどうか、竹村にはそういう関係の知識はまったくない。

竹村は飯田の高校を出てすぐに警察官になった。刑事に憧《あこが》れて、ことにテレビの「刑事コロンボ」のような刑事になりたかった。

はじめは派出所勤務だったが、窃盗事犯の捜査で、ちょっとした手柄を樹《た》て、それが認められて念願どおり捜査係刑事を拝命した。

すぐにコロンボもどきのバーバリのレインコートを買って、冬はもちろん、夏でも着用して得意になっていたものだ。

一代目のバーバリは擦《す》り切れて、現在は二代目の、いくらか上等のものになった。しかし、昔のようには着る機会はない。妻の陽子がみっともないからやめろ——と言うのである。冬はウールのコート、夏は何も着なくていいの——と言う。

(警部になったからって、中身まで変わったわけじゃないのに——)

と竹村は不満だが、みっともないとまで言われては、さすがに考えを変えないわけにはいかなかった。

高校卒と大学卒とでは、警察官の昇進のスピードは三年は違うと思っていい。ことに国立大学の、それもかつての一期校なんかを出て、上級職試験にパスしたエリートなんかには、どう逆立《さかだ》ちしたって追いつかない。

ふつうの大学を出た場合、警察官はなんとか警視ぐらいにはなれる。高校卒でも一所懸命に精励し、うまくすれば、そこまでは行く。五十歳を越えたあたりで、小さな警察署の署長ぐらいを務めて、二年ばかりすると肩を叩《たた》かれるというパターンだ。たとえば野尻駐在所の小林などは、三十五歳にして、やっと巡査長である。

竹村のように高卒の警察官が、三十三歳で警部に昇進するなどというのは、よほどの幸運と思わなければならない。

そこへいくと、エリートは二十代なかばで警部。三十前に警視、署長や本庁の課長を経て、三十代なかばには警視正。後半には警視長。県警本部の部長を歴任して四十代のなかば過ぎには警視監になって県警本部長――という、猛烈なスピードだ。よく、新幹線と鈍行列車などと言うが、この鈍行列車は永久に途中までしかいかない。

そういう引け目を持っているから、竹村は「大学」という社会にはあまりなじめない。大学生が酒を飲んだ勢いで暴れたり、親の金で買った車で事故を起こしたりすると、職業意識そっちのけで頭にくる。

大学教授というのは、いったいいくつぐらいで教授になれるのだろう？　警察の位でいうと、どのあたりに相当するのだろう？

「ところで、新潟県の与板町っていうのは、どういうところかね」

竹村は小林巡査長に訊いた。

「さあ、私は知りませんが」

県境の駐在所にいる小林も知らないのだから、そう大した町ではないのかもしれない。そういう町にとって、大学教授が出たことは町の誇りなのだろうか――。

竹村は電話を取って、捜査本部にいる木下刑事を呼び出した。木下は竹村の腹心で、小姑《こじゅうとめ》のように口うるさく文句も言うけれど、心底、竹村に傾倒している好青年だ。

「被害者の身元が割れたそうだが」

「はあ、割れました」

「私立大学の教授だそうだな？」

「ええ、そういう話です」

「しかし、それだけの人物だとすると、当然、捜索願が出されていたはずだろう。それがどうして、いままでキャッチできなかったのだ？」

「いえ、それがですね、捜索願は出されてなかったのだそうです」

「どうしてだ？」

「つまり、何かの理由があったということなのでしょう」

「決まっているだろう。何かの理由があるから出さなかった……あたりまえじゃないか。その理由は何かと訊いているんだ」

「知りません、聞いていません」

「そこの署長が隠しているのか？」

「まさか、そんなことはないと思いますが」

「いや、分からんぞ、あの細田署長は相当なタヌキだからな」

「そうでしょうか」

「ばか、冗談だよ」

「そんなつまらない冗談は言わないでください。とにかく、さっき、署長が吉井部長と中央署の矢野刑事に東京へ向かうよう、指示されて、すでに出発しましたが。その感じから言っても、署長が何かご存じで隠している気配はありませんでした」

「そうか、分かった」

妙な話だ——と竹村は思った。大学教授が失踪《しっそう》したというのに、大学はもちろん、家族までが捜索願を出さないというのは、いったいいかなる理由なのだろう。

6

一茶の旧宅というのは国道十八号線沿いの民家と並んで、ごくさりげなく建っていた。

晩年の住居は土蔵だったそうで、クリーム色の土壁に茅葺《かやぶ》き屋根が載っている、小さな土蔵だ。

その少し裏手には庵がある。これが良寛の五合庵とそっくりなのに、風見子も野村も驚いた。屋根は五合庵が茅葺きだったのに対して、こちらのはトタン葺きという相違はあるけれど、大きさといい、ことに内部の様子がそっくりだ。

正面の壁は三つに仕切られていて、中央には阿弥陀如来《あみだにょらい》か何かの像と造花が飾られ、右側には一茶像の掛軸。これが五合庵の場合、良寛の彫像だったような記憶があるが、まず似たような雰囲気だ。そういえば、良寛と一茶の風貌《ふうぼう》までも似ているように思えた。

「いま、変なこと考えたんだけどさ」

野村は思いつめたように言い出した。

「ひょっとすると、良寛と一茶っていうのは、どこかでクロスしているんじゃないかなってさ」

「クロスっていうと、旅の空で？」

「うん、それもあるけど、人間そのものがだよ。たとえばさ、身代わりになるとか、変装するとか、なりすますとか……」

「まさかあ……」

風見子は呆れて、笑った。

「笑うけどさ、もし一茶か良寛のどっちかが……あるいは両方にそういう意志があれば、やってやれないことはないかもしれないのじゃないかな」

「そりゃそうかもしれないけど、どうしてそんなことをするのよ？」

「たとえばさ、良寛の父親の以南が自殺した夏、一茶が京都に入ったというのは、じつは一茶ではなく、良寛だったとかさ」

「それでどうしたっていうの？」

「つまり、以南の死は自殺でなく、じつは良寛が殺したのだとかね」

「なあにそれ、推理小説の読みすぎよ。ばかばかしい」

「あははは、ばかばかしいよな」

野村も、さすがにそれ以上はマジで喋《しゃべ》る気にはなれなかったらしい。

庵の縁先に、五合庵で見たのと、これまたそっくりの署名簿が二冊、置いてある。和綴《わと》じの芳名録で「信州柏原一茶屋」と書いてなければ、五合庵のそれと見分けがつかないくらい、そっくりだ。「一茶屋」というのは、道路に面している食べ物屋の屋号で、その店が一茶の旧宅を管理しているらしい。

二人は署名簿をパラパラとめくって、ついでに自分たちもサインをした。

そこから一茶資料館を見て、資料館の裏にある墓を見て、それでもう、ほかに見るところもなくなった。要するに、一茶の研究は完成されてしまって、国会図書館にでも行ったほうが資料も豊富なのだ。

野村はさかんに写真を撮っていたが、思ったほど目新しい収穫がなかったとみえ、冴えない顔であった。

「ねえ、野尻湖でボートに乗らない？」

風見子は提案した。

「そうだな、少しは遊びもあっていいよな」

野村は鹿爪《しかつめ》らしく理由づけをした。そういうところが、変にオジンくさくて、風見子は気にいらないのだ。

湖は閑散としていた。妙なもので、込んでいると腹が立つくせに、空《す》きすぎていると、なんだかムードが盛り上がらない。二十分も乗ると、飽きてきた。

「疲れちゃった」

風見子はオールを放《ほう》り出した。

「なんだ、だらしがないな」

「もうガキの遊びは向いてないってことね」

早々に陸上に上がることにした。

湖畔の旅館に洒落《しゃれ》た喫茶店があった。二人はそこに落ち着いて、コーヒーを飲んだ。

疲労感はあるが、湖を眺めながら気分は悪くない。

「ねえ、野尻湖って、ナウマン象が発掘されたのでしょう？」

風見子は店の女の子に訊いてみた。

「ええ、そうです、そのほかいろいろ発掘されてますけど」

女の子が答えると、カウンターの奥から、まぜっ返すように、マスターが言った。

「最近じゃ、人間の骨まで発掘されたりしたんですよ」

「え？　ほんとなの？　じゃあ、大昔には人間も住んでいたんだ」

「それが違うんですよ、現代人の骨です。それも二、三年前の」

「へえー、そうなの……」

風見子はポカンとして、気がついた。

「じゃあ、それ、殺されたか何かした人の骨だったわけ?」

「らしいですね。ちょうど発掘調査をしている時だったから、大騒ぎになって、この辺も大変でしたよ」

「じゃあ、この近くだったの?」

「そうですよ、ほら、あそこにモーターボートが浮かんでいるでしょう。あの辺りでしたよ」

「え? 水の中なの? その発掘現場っていうのは」

「そう、冬はね、渇水期で、あの辺りも露出するんですよ。それで、春休みに学生たちも一緒になって、二千人くらいで発掘調査っていうのをやるわけです」

「そうなの、春休みだったの?……」

風見子はなんとなく、いやな予感のようなものがしてきた。

「その、骨が見つかったというのは、そうすると三月末っていうわけ?」

「ああ、そうですよ。あれは三月二十七日でした」

「やだあ……」

風見子は思わず叫んだ。マスターも女の子も驚いて、風見子の顔を見た。野村も驚いたが、一瞬の後には、風見子の驚愕《きょうがく》の意味を理解してくれた。

「そうか、風見子が出雲崎の方に行った日と同じなんだね？」

風見子は唾《つば》を飲み込みながら、コックリと頷《うなず》いた。

「お客さん、何かその骨に心当たりでもあるんですか？」

マスターが興味深そうに、顎《あご》を突き出して訊いた。

「そうじゃないけど、私、その日、新潟の出雲崎っていうところに行っていて、やっぱし殺人事件にぶつかったのよね」

「えっ？　じゃあ、人が殺されるのを見たんですか？」

「まさかァ、そうじゃなくて、その日、会った人が、次の日のテレビニュースで殺されたって……そういうことなの」

「うわー、それじゃいやな気分だったでしょう」

マスターは同情してくれた。

「だけど、その事件とこっちの事件とは関係ありませんよ。なにしろ、こっちのは何年も前に殺された人の骨ですからね」

「それはそうだけど、でもまったく同じ日だなんて、気持ちの悪い偶然よねえ」

風見子は冷たくなったコーヒーを啜《すす》って、苦い顔をした。

7

竹村がその喫茶店に入ったのは、若い二人の客が出ていったのと、ほんのひと足ちがいのようなタイミングであった。

「毎日ご苦労さんです」

マスターは愛想よく言った。この時期、一人とはいえ、毎日の客とあれば、愛想もよくなる。

それに反して、竹村のほうはニコリともしないで、隅っこのテーブルに坐《すわ》った。

「だいぶお疲れのようですね」

コーヒーをいれながら、マスターは気を引くように言った。

「べつに疲れちゃいないけどね」

「事件のほう、どうなんです？　目鼻はついたんですか？」

「ああ、まあね、身元が分かった」

「そりゃあよかったですね。で、どこの人だったんです？」

「東京の大学の先生だそうだ。生まれは新潟の与板とか言ってた」

「へえー、与板ですか、じゃあ、さっきの出雲崎の近くだなあ……」

マスターは何気なく言った。

「マスター、与板、知ってるの？」

「ええ、知ってるっていうか、寺泊のちょっとこっちの町ですよ。海水浴とか、弥彦神社へ行く途中みたいなところです」

「いま、出雲崎とか言わなかったかい？」

「ええ、与板はだから、出雲崎の隣みたいなところですがね、さっきのお客さん、出雲崎の方で殺人事件に遭ったとか言ってたもんで……そうそう、あの日ですよ、ここで骨が見つかったのと同じ日。三月二十七日だっていうんですよね」

「ふーん、その日に新潟で殺しがあったのか……」

竹村はコーヒーカップを口につけたまま、ぼんやり考え込んだ。

べつに意味はないのかもしれない。ここで骨が見つかって、出雲崎方面で殺人があった——それだけのことである。

ただ、骨の主が与板の生まれだったことが気にかかるといえば、気にかかる。

「そのお客っていうのは、何者かね?」

マスターに訊いた。

「さあ、東京あたりの大学生じゃないですかねえ。車できてたみたいですよ」

「どっちへ行ったか分からないかな?」

「さあ……ああ、そうだ、博物館へ行ったんじゃないですかね。ナウマン象の化石があるって教えて上げたら、見ようかとか言ってたみたいですから」

「そう、ありがとう」

竹村はまだたっぷり残っているコーヒーに、ちょっと未練を感じながら、金を払って店を出た。

野尻湖博物館までは、車に乗れば一分もかからない。

博物館の前庭には数台の車が駐車していた。その中に東京ナンバーの車が一台あった。

(まだいるかな?——)

竹村は心配しながら、階段を上がって行った。

玄関からサングラスをかけた男が一人、足早に現れた。

(これは違うな——)

竹村は判断した。サングラスのせいばかりでなく、年齢的にいっても学生という感じではない。それに、マスターが言っていたのはアベックだった。

竹村は入口を入ったところにある券売窓口の女性に、手を上げて合図した。すっかり顔馴染《なじみ》で、女性も頭を下げて、「こんにちは」と挨拶を返した。

館内は五、六百平方メートルぐらいの広さだろうか。天井は高く、二十メートル近くはありそうだ。そのフロアの中央に、ナウマン象の復元模型が、長い牙《きば》と巨大な鼻を誇示してデンと立っている。実物もかくやと思えるほどの出来映えで、なかなかの迫力だ。

しかし、竹村はナウマン象を見物にきたわけではない。館内に視線を巡らせて、それらしいアベックを発見しなければならない。

フロアのとっつきでじっと瞳《ひとみ》を凝らしていると、奥のほうで諍《いさか》いのような男女のやりとりが聞こえた。

「風見子が持っていると思っていたのに」

「あら、私は知らないわよ、さっきそこに置いたじゃない」

「まさか、盗まれたんじゃないだろうな」

「えー？　やだあ……」

そういう会話のすべてが竹村に正確に聞こえたわけではない。なんとなく言い争っているな——という印象だった。

そのうちに突然、若いアベックがナウマン象の向うから現れ、ものすごい勢いでこっちへ突進してきた。

(これだな——)

竹村は確信した。

先にやってきた青年——野村の前に立ち塞《ふさ》がった。

「ちょっと、あんた!」

大手を広げて、怒鳴《どな》った。

「なんですか?」

野村はあやうく竹村と衝突しそうになるのを、踏みとどまって、負けないほどの大声で怒鳴り返した。

「ちょっと話を聞きたいのですが」

「話? なんだか知らないけど、いま急いでるんです。どいてくれませんか」

野村は右手を伸ばして、竹村の肩を払いのけ、前に進もうとした。

「待ちなさい!」

竹村は反射的に青年の腕を捉《とら》えた。

「何をするんだ」

野村は竹村の手を振りほどこうとして、腕を振り回し、左手で逆に竹村の腕を摑《つか》んだ。

「邪魔をするなっていうのに」

脆弱《ぜいじゃく》に見えた青年が、意外な腕力の持ち主であった。竹村は押しのけられ、摑んでいる腕を振りほどかれそうになった。

竹村は無意識に足払いをかけていた。

野村は横倒しに倒れ、したたかに肩の辺りを床にぶつけた。

「この野郎、何をするんだ！」

野村は倒れたまま、竹村の足に抱きついた。竹村もドーッと倒れた。

風見子は悲鳴を上げ、事務所のほうへ走って「誰か、一一〇番して！」と叫んだ。

フロアでは野村と竹村の乱闘に終止符が打たれつつあった。竹村が寝技《ねわざ》で野村の逆を決め、動きを制したのだ。

「待てと言っているのです」

その恰好《かっこう》で、竹村は落ち着いた口調で言った。

「でないと、公務執行妨害で逮捕しますよ」

「公務？……」

野村は苦痛で顔を歪《ゆが》めながら、言った。

「じゃあ、あんた、お巡りさん？」

「そうです、長野県警捜査一課の者です」

「だったらなんだって邪魔をするんだ。早く捕《つか》まえてくれよ、カメラを盗まれたんだ、たったいまだ、まだその辺にいるかもしれないんだ」

悲痛な叫び声を上げた。

「えっ？　カメラを？」

「そうよ、あんたが邪魔しているうちに、逃げちゃったかもしれないじゃないの」

事務所の女性を伴って戻ってきた風見子が、金切り声を上げた。

8

「それじゃ、さっきの男かな？」

竹村は言った。

「見たんですか？　その男を」

「ああ、そこの玄関でね。ひどく急いでいたみたいだが」

「それですよ、そいつですよきっと。サングラスかけていませんでしたか？」

「ああ、かけていたな」

「じゃあそいつだ」

野村は走りだした。竹村と風見子がそれに続く。

玄関前の石段の上に出たが、男の姿は一台の車と一緒に消えていた。

「ちっきしょう！……」

野村が歯噛《はが》みをした時、風見子が叫んだ。

「あら、あそこにあるの、カメラじゃないかしら？」

風見子の車の上に、カメラが放り上げられたように、危なっかしい状態で載っていた。

「あ、あった……」

野村は百年も会わなかった恋人に出会ったような、なんともいえない情けない声を出して、カメラ目掛《めが》けて走った。

「どういうことです？」

竹村は残された風見子に、非難するような口調で言った。

「分かりませんよ。とにかく、カメラを盗まれて、それがあそこにあったという、そういうことなんですから」

風見子は口を尖らせて、言った。

「フィルムだけ取っていきやがった」

野村がボヤきながら、そのくせ、まずはひと安心——という顔で戻ってきた。

「というと、犯人が狙《ねら》ったのはカメラではなくフィルムだったということですか?」

竹村が訊いた。

「そうみたいですね」

「わざわざフィルムだけを盗むというのは、どういうわけですか? 何を撮影したのですか?」

「べつに大したものは写してませんよ」

「何か、たとえば、タレントのデートしているところだとか、そういうものを写したのじゃないのですか?」

「そんなもの興味ありませんよ。あのフィルムには、一茶の旧宅やお墓だとか、あと、野尻湖の風景と風見子の顔ぐらいなものじゃないかな……」

「はあ、こちらさんの顔ですか……」

竹村は風見子を見つめて、あらためて警察手帳を示し、名刺も出した。

「失礼だが、そちらさんのお名前と住所を教えてくれませんか」

若い二人も、野村良樹と田尻風見子——と名乗った。

「ところでどうします？　いまの窃盗犯を手配しますか？」

「そうですね……」

野村と風見子は顔を見合わせた。

「どうせ捕まらないのでしょう？」

「いや、そんなことはない。日本の警察は優秀ですからね……と言いたいが、盗まれたのがたったフィルム一本ということだと、あまり捜査に力を入れるわけにもいかないでしょうねえ」

「でしょう」

野村も風見子も苦笑した。正直な刑事に好感を抱いている。

「まあいいですよ、諦《あきら》めますよ。大した被写体じゃなかったし……あ、いや、風見子はべつにしてさ」

野村は慌てて言い直した。

「それにしても、なんだってあんなフィルムを盗んだのかしら？」

またその疑問にぶつかる。

「そうそう、あんたたち、出雲崎へ行ったとき殺人を見たのだそうですね」

竹村がようやく肝心なことを思い出して、言った。

「えっ？　ヤバイなあ、あそこのマスターが密告したんですか？」

「いや、密告というほど大袈裟《おおげさ》なものじゃないですよ。たまたま、私が小耳に挟んだというべきですから、恨まないでやってくれませんか」

「そりゃいいですけど……だけど、私、べつに殺人事件を見たっていうわけじゃないんですよ」

「しかし……いや、とにかくちょっとそこまで付き合ってください。いろいろお訊きしたいことがありますから」

「やだなあ……」

風見子は顔をしかめた。

「まあいいじゃないか」

野村はそういう風見子を宥《なだ》めた。

「どうせ警察には話したほうがいいことなんだからさ。それに、行かないと逮捕されちゃうかもしれない」

「ははは、まさか逮捕はしませんがね。しかし、警察に協力するのは民間人の義務でもあるわけですから。ともかくお話だけでも聞かせてくださいよ」

竹村の車に先導されて、風見子と野村は野尻駐在所に「連行」される羽目になった。

風見子は意気消沈そのものだったが、野村はもの珍しそうに、駐在所の内部を観察している。

「あんた、野村さん、そうとう力が強いですねえ」

竹村は感心して言った。

「何かスポーツでもやっているのですか?」

「いや、とんでもない。スポーツをやるような余裕はありませんよ。もっぱらバイトで鍛えているんです。横浜で港湾の荷役を手伝ったりしているんです。だから腕力だけ強くなって」

「ほう、しかし、あんた、学生でしょう?　じゃあ、苦学しているのですか。いまどきの人にしちゃ、偉いもんですねえ」

気分をほぐしておいてから、竹村は質問の矛先《ほこさき》を風見子に向けた。三月二十七日の出来事を、風見子は思い出しながら、ポツリポツリと話して聞かせた。

出雲崎から岩室温泉へ行く途中、分水町《ぶんすい》の五合庵に立ち寄った際、二人連れを見たこと。翌朝のテレビで殺人事件のニュースを見て、どうやら被害者がその時の人物らしかったこと――。

「なるほど、そうですか、被害者と一緒に、犯人らしい人物も目撃していたというわけですね?」

「目撃したっていっても、顔なんか、ぜんぜん見ていないし、いくつぐらいの、どういうタイプの人だったとか、そういうこともまったく見てないんですよね。だから、警察に話したって無駄だと思って、それで……」

「分かります分かります、それで警察に届けなかったのですね。それはまあ仕方がないとして、しかし、いまからでも遅くはない、警察に協力してやってください」

「ですから、協力するっていっても、何も分からないのだし……」

「いやいや、そんなはずはありません。あなたはともかく、何かを見たり聞いたりしているのですからね、そういうのは、警察がいくら努力したって、永遠に経験できない、あなただけのものなのです。じっと内面を見つめれば、そのうち、何かが見えてくるにちがいありませんよ」

竹村は牧師が悩める乙女を諭《さと》すように、とつとつとした口調で言った。聞いているうちに、風見子もなんとなく、（そんなものかもしれない——）と思えてくるから妙だ。

「そういえば彼女、以南が京都で死んだっていう言葉を聞いていたのだそうですよ」

野村が脇《わき》から口を挟んだ。黙っているつもりだったが、風見子の気持ちが微妙に変化したのを察知して、言い出したのだ。

「イナンが京都で死んだ？……」

竹村はたちまち好奇心の虜《とりこ》になった。こういう面白い話に接触すると、県警捜査一課警部の肩書も忘れ、ベテラン刑事どころか、ただのミステリーファンと少しも変わらなくなってしまう。

こうなったら、腰を据えて、洗いざらいぶちまけてしまうほかはない。風見子は観念して、三月二十七日に母親と新潟に行った時の出来事すべてと、昨日からのいろいろな体験や「研究」の内容について、ときには野村の補足説明をうけながら、喋って聞かせた。

「なるほどねえ、そうすると、良寛さんの五合庵で殺された人も、殺した犯人も、ともに良寛の研究に関係していた人物だったのかもしれないのですね」

竹村は視線を空間の一点に停めて、いま聞いたことをすべて脳味噌《のうみそ》に刻みつけた。

それから県警本部に電話をかけて、三月二十七日の新潟の事件について、詳細を確認した。

「被害者は東京の大学助教授だそうですよ」

電話の問い合わせを終えて、受話器を置くと、竹村は自分の興奮を抑えながら、二人の若者に告げた。

「大沢雄一というK大学の先生で、やはり、良寛の研究をしていたそうです」

「そうですか……」

風見子は溜息《ためいき》をついた。

「そうすると、一緒にいた人……犯人かもしれない人も、やっぱり文学関係の人なのでしょうねえ」

「その可能性は大ですね。それと、あなたたちは知らないでしょうが、この野尻湖で発見された骨の主ですがね、こっちのほうも殺人事件の被害者らしいのだが、ついさっき身元が分かりましてね、この人もやはり大学教授で、文学が専攻だそうです。しかもですよ、この先生の出身地がなんと、出雲崎の隣の与板という町なのです。良寛の五合庵がある、分水町とは、ほとんど隣みたいな位置関係だそうですよ」

「えーっ？　ほんとーっ？……」

風見子はうんざりして、野村に救いを求める目を向けた。

「しかし警部さん、野尻湖で殺されていた人は、単に大学教授だったり、与板の出身だったりしているだけで、だからって、向うの事件に関係があるっていうわけじゃないのでしょう？」

「もちろんそうです。いまのところ、関係はまったくありませんよ。とはいっても、こう偶然が重なると、なんだか胸がときめきますねえ。そうじゃありませんか？」

「はあ……」

野村はいささか呆れぎみに、この風変わりな警部を眺めていた。

「しかし、僕のほうは、あのフィルムの行方がどうなったのか、そっちのほうが気にかかりますねえ。いったい、あのサングラスの男は、何が目的で、大して面白くもないフィルムを盗んだのだろう？」

「あの男」と風見子が思い出して、言った。

「寺泊から尾行してきた男じゃないかしら。サングラスをしていたし、車は……そうだわ、警部さん、その男の乗っていた車、見たんじゃないですか？」

「ああ、私の記憶にまちがいがなければ、新潟ナンバーの車だったと思いますよ」

「新潟ですか……」

得体の知れないサングラスの男が、ひょっとすると寺泊から尾行してきたのかもしれないと思った時、風見子はとてつもない事件に巻き込まれつつあるような気がした。

第三章　盗難フィルムの謎

1

燕《つばめ》警察署は北陸自動車道の三条燕インターを出て、ほんの数分のところにあった。

燕市の名は世間知らずの風見子も知っている。めずらしい名前だから——というだけでなく、フォークやスプーンといった洋食器の生産地として有名だ。なにしろ、全国の洋食器類の九十五パーセントまでがここで生産されているのだ。それに、このところの円高で、地場産業の洋食器類の輸出不振にあえいでいるというニュースもよく耳にしていた。

燕に着いたのが夕方だったためかもしれないが、心なしか街の様子にも活気がないように思えた。

燕署の玄関には「五合庵殺人事件捜査本部」の張り紙があった。事件発生からまもなく二カ月になろうとしている。捜査は停滞していただけに、新しい「目撃者」が出頭してきたことは歓迎された。

「もちろん、早く届け出てくれるに越したことはありませんがね、しかし、面倒だからといってそのまま知らん顔をする人が多いのです。こうやってわざわざ遠いところを出掛けてくれる人には感謝しますよ」

応対に出た刑事課長はそう言って、ほんとうに深ぶかと頭を下げた。

「ところで、その、五合庵で被害者と一緒にいたという男ですが、出来ればモンタージュを作りたいのですがね、どうでしょうか？」

「それは無理だと思います。私、その人の顔はぜんぜん見ていないのですもの」

風見子は正直に言った。

「しかし、身長とか、年恰好《かっこう》とか、その程度は分かるのでしょう？」

「それも、あんまりよくは……」

「それじゃどうです？　被害者と較《くら》べて、背の高さは大きかったですか？」

「そうですねえ、少し前屈《まえかが》みになって歩いていたみたいですから、ほとんど同じか、ちょっと高かったかもしれません」

「年齢はどうです？」

「大沢っていう人のほうが威張ったような喋《しゃべ》り方をしてたみたいだから、たぶん年齢が上だと思うんです」

「歩き方とか、体の恰好に特徴的なことはなかったですか？」

「うつむきかげんで、コートの襟を立てて、あまり顔を見せないようにしていたのかもしれません」

「そのコートですがね、色は黒っぽい色でしたか？　違う……とすると、茶色ですか？　ではグレーっぽい色でしたか？」

風見子が「何も憶《おぼ》えていない」と言うのにもかかわらず、刑事課長はねちっこく、そしてやつぎばやに質問を続けた。

妙なもので、そうやって訊《き》かれていると、風見子のほうが何かしら答えてしまう。どんどん質問を投げ、答えているうちに、風見子の曖昧《あいまい》な記憶がしだいに特定してきた。

（やっぱり専門家ねえ――）

風見子は舌を巻くいっぽうで、これで大丈夫かしら？――と、いくぶん不安がないわけではなかった。何しろ、風見子の記憶はほんとうにいいかげんなものなのだ。それをむりやりに「再生」させ、一つのイメージに特定して、それが絶対に正しいと思われたら、困ってしまう。

風見子のほうに、多少、ひきずられてしまうような部分もあるわけで、もしかすると、サギをカラスのように言っている可能性もないとはいえなかった。

しかし、刑事課長は、ともかくもいくつもの質問を繋《つな》げていって、どうやら「犯人像」らしきものをまとめ上げた。

性別　男
年齢　三十五歳～四十歳程度
身長　一六〇～一七〇センチ
体型　中肉
その他　やや猫背

「でも、これだけじゃ何の役にも立たないみたいですね」

風見子は課長のメモを覗《のぞ》き込んで、首をひねって、申し訳なさそうに言った。

「こういう感じの人なんて、日本中に、それこそゴマンといるんじゃないかしら」

「それはそうですがね、しかし、被害者の大沢さんと接触があり得る人物は、ごく限られていますからなあ。その中から該当しそうな者を洗い出せばいいわけです」

「そうなんですか……」

風見子は納得したような顔になったが、内心では、

（もし、その前の日まで赤の他人みたいな人だったりしたら、永久に分かりっこないわよね――）

と思っていた。

「ところで、その殺された大沢さんは、K大学の先生だったのだそうですね？」

野村は刑事課長の質問がひと区切りついたところで、反対に訊いた。

「そう、大学の助教授でしたか」

「それで、良寛さんの研究が専門だとか」

「よく知ってますな、そのとおりですよ」

「じつは、彼女、その先生が喋る言葉を聞いているのですが」

「えっ？　ほんとですかい？」

刑事課長はギョロッと風見子を見た。

「ええ、ほんとうです」

風見子もそのことは言うつもりだった。

「たしか、こんなようなことを言っていたんですよね、『以南がなぜ京都で死んだか』というような……」

「以南？　良寛さんのおやじさんの山本以南のことですか？」

さすがに地元の人間だけあって、良寛のことに詳しいのだろう。以南が何者か、ちゃんと知っている。

「そういえば、良寛さんのおやじさんは、京都で入水《じゅすい》自殺をしたのだったかな？」

「そうなんです、私たちもあとで調べて知ったのですけど、大沢さんとかいう人、そのことを喋っていたんですよね」

「なるほど……まあ、良寛の研究をしていた先生だそうだから、そういう話をしても不思議はないでしょうな」

「それだけじゃなくてですね」

風見子は勢い込んで、言った。

「その相手の人も、良寛のことをかなり勉強していなければ、話が通じないと思うんですよね。だから、もしかすると、その犯人もやっぱり良寛の研究者じゃないかなって、そう思ったんです」

「ふーん、なるほどなるほど、いいところに気がつきましたなあ」

　刑事課長は感心したように、大きく頷《うなず》いた。

「そうだとすると、犯人は大沢助教授と一緒に、良寛の研究のために五合庵に来たんじゃないかしら？　つまり、大学の関係者とか、学界関係の人とか……」

　風見子が意気込んで言うのに、課長は苦笑を浮かべて言った。

「まあ、われわれもその線がもっとも疑わしいと思って、追ってはいるのですがね、しかし、目下のところ、当日、大沢さんの知人交友関係で、アリバイの不明な人物は見つかっていないのです」

「それで、その人、五合庵……新潟県には一人で来たんですか？」

「そのようですな、自宅は東京だが、家の人には誰《だれ》かと一緒だとか、そういうことは言ってないという話でした。まあ、休みを利用して、良寛の史跡《しせき》を訪ねる旅行をしていたのでしょう。そのことは家の人も知っていましたから、まちがいありません。ただ、旅行は独りだったみたいだし、旅先で誰かに会うといったことは、まったく言ってないというんでねえ」

「大沢さんは東京から電車で来たのですか？」

「そのようですな。上越新幹線の往復切符を持っていましたから」

「どこか、立ち寄ったというようなことはないのですか?」

「ははは……」

課長は擽《くすぐ》ったそうに笑った。

「これじゃどうも、どっちが刑事か分かりませんな」

「あ、すみません」

「いや、構いませんよ、べつに秘密にしているわけではないのだから。それにあなた方は情報提供者ですからな。それで……ええと、どこかに立ち寄ったかどうか、でしたか? いや、どこにも立ち寄った形跡はありませんな。いや、もちろん出雲崎辺りの良寛さんの史跡を見たことは考えられますがね。しかし、予約してあった旅館にもまだ行ってなかったし……」

「旅館は、どこに泊まる予定だったのでしょうか?」

「岩室温泉ですよ」

「えっ? 岩室……」

風見子は口を大きく開けた。

「そうですが、それがどうかしましたか?」

「私、私と母ですけど、その日、岩室温泉のホテル大橋っていうところに泊まったんですよね。まさか同じ旅館じゃ……」

「いや、違いますよ。違いますが、そうですか、岩室温泉に泊まったのですか。妙な因縁《いんねん》ですなあ」

そこに何か意味を読み取ろうとでもするように、刑事課長はしばらく考えていたが、やがて首を振り振り、言った。

「それでまあ、警察としては、物取り目的の犯行——という線を、一応メインにして捜査を進めているのですが、しかし、実際には大沢さんは何も盗まれた様子はないわけでしてねえ……そこへもってきて、いま、おたくたちから聞いた話が事実だとすると、捜査方針を考え直さなければいけなくなるというような……」

課長は腕組みをしてから、視線だけを風見子に向けた。

「で、どうなのでしょうかね？　大沢さんと、相手の男とは、親しげな感じだったのですか？」

「さあ……」

風見子は正直、困惑した。

「見たのはほんの一瞬みたいなものでしたから、親しそうだったかどうか……ただ、殺された人のほうが、さっきも言ったみたいに威張った口のきき方をしていたみたいに思ったんですけど。でも、友達関係だとしたら、ああいう喋り方をするかもしれませんし……よく分からないんですよねえ」

「年齢的にいって、相手が学生ということはないでしょうねえ?」

「学生っていう感じではなかったことは確かだと思います」

その点ぐらいは、風見子ははっきり答えてもいいと思った。

2

田尻風見子と野村良樹の二人が燕署を引き上げ、東京への帰路についた頃《ころ》、竹村は与板警察署に到着した。

新潟県三島《さんとう》郡与板町――は、信越本線を長岡駅で降りて、北西へ向かって数キロ行ったところにある。出雲崎や和島《わしま》村など、良寛ゆかりの土地に隣接する町で、この与板にも良寛の史跡が残っているらしいのだが、そういうことに縁のない竹村は、せいぜい与板の名前を知っている程度だ。

もっとも、与板町――といってピンとくるのは、せいぜい新潟県人ぐらいなものかもしれない。人口がたった七千ばかりの小さな町である。

広々とした田園地帯に、小高い丘陵地が盛り上がっている。その麓《ふもと》にチマチマと人家が肩を寄せ合うようにしてできた町並が与板の町であった。城下町特有の曲がりくねった道路を挟んで、雁木《がんぎ》のある町家が建つ風景は、なんだかうら寂しい印象であった。

ところがこの与板が、昔は「県」だったと聞いて、竹村は驚いた。

「いや、ほんとうに県だったのです」

与板警察署の刑事課長は直江《なおえ》という。まだ三十代半ばかという男だが、お茶を啜《すす》りながら話す態度は、どこか学者じみて、老成した感じがする。

「じつは私も与板の出身でしてね、学生の頃はいろいろ、郷土の勉強をしました」

与板は江戸期は牧野《まきの》氏一万石と井伊《いい》氏二万石の城下町だったが、明治維新の廃藩置県の際に「与板県」となった。

「その前は、上杉謙信《うえすぎけんしん》の謀将として知られる直江氏の居城があったところです」

「直江というと、課長さんと同じ名前ですけど？」

「へへへ……」

直江刑事課長は肩を揺すって笑った。どうやらそれが言いたかったらしい。

「直江氏はうちの先祖だというのですがね。それに、いまは上越市になっている直江《なおえ》津の名前の由来は、うちの先祖が住んでいたからであるとか。しかしどうも、あてにはなりませんなあ」

まんざらでもない顔であった。

ご機嫌だったせいでもないだろうけれど、竹村に対する応対は感じがよかった。

「ところで長野県警の警部さんが、またどうしてこんなところまできたのです？」

ひとしきり雑談を交してから、直江刑事課長はようやく訊いた。

「じつは、この三月末に、野尻湖で白骨死体が発見されましてね、その骨の主が、東京のH大学教授・畑野高秀という人物であることが分かったのです」

「えっ？　畑野……というと、たしか当町の出身の人ではありませんか？」

「そうです、やはりご存じでしたか」

「それは知ってますよ。何しろこの町出身の人間で中央で活躍している人ですからなあ……そうですか、畑野先生が殺されたのですか……で、それは、いつの話ですか？」

「はっきりはしていませんが、三年前に行方不明になっていたそうですから、あるいはその頃には殺されていた可能性があります。もっとも、身元が判明したのはつい先程のことで、ちょうど私は野尻湖にいたもので、急遽《きゅうきょ》、与板町にやって来ることになったというわけです」

竹村は言い、「そういうわけで」とつづけた。

「畑野高秀さんの生家を訪ねたいのですが、道を教えていただけませんか？」

ほんとうは道案内を頼むことが目的というわけではない。他県、または管轄外から捜査に入って来た場合には、その地の所轄に一応顔を出すのが、いわば仁義のようになっている。むろん、いろいろ便宜を図《はか》ってもらうことが主たる目的だが、なんとなく昔の岡《おか》っ引《ぴき》時代の縄張《なわば》り主義的なにおいもしないわけではない。

直江刑事課長は、部下を連れて道案内を買って出てくれた。もっとも、全部で七人しかいない刑事課である。デスクの部長刑事を残すと、あとは刑事課の部屋には誰もいなくなった。

畑野の生家は城跡に近い、かつての高級住宅街にあった。かつての——といったのは、人口流出のはげしい現代では、その屋敷町も老朽化が進んでいて、あまり「高級」という感じはなくなってしまったからだ。

生家には、現在は畑野の兄夫婦と、その息子夫婦、孫が二人の合計六人が住んでいるという。

「事件」についての連絡はすでに東京の畑野家から届いていて、兄夫婦とその長男は東京へ向かったそうだ。

長男の嫁だけではさっぱり要領を得ない。

「二、三日は東京のほうにいると思いますので……」

何か訊きたいのなら、東京へ行ってくれということらしい。東京には別働隊が行っているから、それはいいとして、竹村はこの町や生家での畑野の評判を聞きたかったのだ。

「さあ、私らには叔父さんの学問のことは分かりませんし、町の人といわれましても、ずうっと帰ってきていない人ですから、誰も分からないのではないでしょうか」

畑野が与板を出て東京の大学に入ったのは、昭和二十年だそうである。戦後の混乱期で二十六年に大学を卒業。そのまま大学に残って、教室の助手を務めていたらしい。その当時は帰郷することも多かった。ことに二十年代の末頃に肺結核を病み、一時期、郷里で静養していた。その間に良寛の研究を進めていたようだ。

三十年代のはじめ頃に結核の手術をした。直後に特効薬が普及したこともあって、病気は完治し、ふたたび大学に復帰することになった。

それからの畑野は比較的、恵まれた道を歩むことになる。しばらく助手をつづけてから、やがて講師、助教授と出世し、昭和四十五年の大阪万博の前後に教授の椅子《いす》をものにしたようだ。

ただ、結核手術の後遺症がときどき出るのか、畑野は何年置きかに、手術を受けた新潟県北部の病院でリハビリを受けたり、ドック入りをしている。

「でも、病院へは行っても、この家にはぜんぜん寄らなくなったみたいです」

以上は、嫁さんがこの家に来る前の物語だから、夫や姑《しゅうとめ》たちから聞かされた話ということになる。

「最近では、盆暮れにもお顔を見せないようになっていました。偉い教授先生になってしまったのですから、忙しいのだろうと、うちのお義父《とう》さんなんかは言っておりました」

嫁はそう言っている。そういう東京の畑野家に、あまりいい感情を抱いていないらしい口振りであった。

どうやら、「新潟県与板町出身」という看板は、この町の側にとっては貴重だが、畑野教授先生にとっては、あまり必要でない——というより、むしろ煩《わずら》わしいだけの過去の遺物のようなものであったようだ。

「そんなふうに、故郷を捨ててしまう気持ちは、私らには理解できませんなあ」

直江は慨嘆した。

新潟県出身の元総理を見ていると、故郷を捨てるどころか、故郷のしがらみだけが、自分の存在を保証してくれるよすがであるかのように、せっせせっせと、公共投資がらみの利権を運んだりしているとしか思えないのだが、誇り高い学者先生ともなると、そういう風土がお嫌いというわけか。

「三年前に行方不明になられたことは知ってますね？」

竹村は嫁さんに訊いた。

「はあ、それは知っております」

「東京から、警察の人間が来て、いろいろ事情聴取をしたりしましたか？」

「いいえ、そういうことはなかったと思いますけど」

「それじゃ、あまり熱心には行方を探さなかったのですね？」

「ええ、そうみたいでした」

「行方不明になったことについて、何か思い当たるものはなかったのですか？」

「はあ……」

嫁は相変わらず煮え切らないが、言いにくそうに、しかし、これだけは言ってやれ――という思い入れを見せて言った。

「うちの人たちは、夜逃げしたのじゃないか……とか、そういうことは言っていましった」

「はあ、借金取りに追われていましたから。うちにもヤクザみたいな人が来て、怖かったです」

「借金て、だいぶ沢山の借金があったのでしょうか？」

「あったみたいですね」

「しかし、大学の先生がそんなに収入が低いとは考えられませんが、どうしてそんな借金があったのですかねえ？」

「よくは知りませんけど、いろいろ遊び好きな人だとか……でも、詳しいことを知りたければ、私でなく、うちの人か、お義父さんたちに訊いてください」

嫁はピタリと口が固くなった。

これ以上の収穫は望めそうになかった。竹村は諦《あきら》めて、畑野家をあとにした。近所の家で畑野高秀の評判を訊いてみたが、嫁から聞いた内容以上の話は聞けなかった。

（東京へ行った吉井たちはどうなったのかな？——）

竹村は与板署で電話を借りて、捜査本部の木下を呼んだ。

「ああ、吉井部長さんたちなら、大した成果は上がっていないみたいですよ。さっき、先方の事情聴取を終えて、これから引き上げるって言ってきましたから、おっつけ帰ってきますよ。なんでしたら、結果を聞いておきましょうか?」

「なに? おっつけ帰ってくるって、それはどういう意味だ?」

竹村は怒鳴った。吉井部長刑事と中央署の矢野刑事が東京へ向かったのは、まだ六、七時間前のことではないか。

「どういうって……もう仕事がすんだから、引き上げると……」

木下は竹村の剣幕に、これはまずいことになりそうだ——と予感したらしい。

「ばかやろう、そんなに簡単に事情聴取を打ち切っていいわけないじゃないか」

「そんな……自分に怒らないでくださいよ」

木下は不服そうに呟《つぶや》いた。

「いい、分かった、おれが行く」

「は? 行くって、警部が東京に行くんですか?」

「そうだ」

「そりゃまずいですよ。夕方の捜査会議をすっぽかし、捜査主任が捜査本部を留守にしてばかりいちゃ、この事件も迷宮入りだなって、さっき細田署長が厭味《いやみ》を言ってましたよ。こっちにわざと聞こえるようにです」

「構うものか、署長には言いたいことを言わせておけばいい。おれが本部にいたからって事件が向うから解決してくれるってわけじゃないのだからな」

「そりゃそうですが……」

木下が情ない声を出したのを無視して、竹村は言った。

「とにかく、これから東京へ行くから、署長にはそう言っておけ」

まだ何か言いたそうだったが、その前にガチャリと電話を切った。

「だいぶ無茶を言いますなあ」

脇《わき》で聞いていた直江が、呆《あき》れた顔でニヤリと笑った。

3

東京に着いたのは午後九時過ぎ。大宮を過ぎる頃から雨になって、街は濡《ぬ》れそぼっていた。

いくらなんでも、これから畑野家を訪ね当てるというのはしんどい。竹村は駅近くのビジネスホテルに入った。

そのつもりで出てきたわけではないので、懐がきわめて寂しい。われながら早まったかな……と反省した。

夕方、捜査会議を開くと署長に言われていたのを、先に与板へ行くからとすっぽかしたまではいいが、そのまま上京したのはやはりやりすぎだったにちがいない。今頃は細田署長がカンカンに怒っていることだろう。

重い受話器を握って、捜査本部に電話を入れると、ついいましがた戻ったばかりだという吉井部長刑事が出た。

「警部、東京だそうですね？」

いくぶん不満そうな、あるいは叱《しか》られるのを覚悟しているような口振りだ。竹村もいまさら文句を言う気はなくなっている。

「ああ、与板でちょっと気になることを聞いたものだからね、きみたちに伝えようと思ったら、すでに引き上げたというので、仕方なく出てきた」

「申し訳ありません。しかし、事情聴取のほうはちゃんとやってきましたが」

吉井は畑野教授の遺族や、大学関係者への事情聴取の結果を、かいつまんで話した。

「三年前に失踪《しっそう》した時、借金を苦に自殺でもするのではないかという心配があったのだそうですが、結局、行方不明のままこれまでに至ったということのようです」

「それは表面上のことじゃないかな。畑野氏は殺されたのだからね、そういうことでなく、もっと切迫した状況にあったとしか思えないよ。そういう点については、何も聞けなかったのかね？」

「はあ、少なくとも、私が事情聴取した相手からは何も……ちょうど親戚《しんせき》や友人関係が集まってきていまして、効率のいい事情聴取ができたものですから、全部で十数人から話を聞きましたが」

（それじゃだめなのだ――）と竹村は思った。誰だって、警察の事情聴取に赤裸々なことを話すはずがない。ことに被害者の家で、遺族や関係者の耳を気にしながらでは、言いたいことがあったとしても、きれいごとしか喋ってくれないのは分かりきっている。

吉井はベテラン刑事だが、いまいち、事件に対するのめり込み方に物足りないところがあった。もっとも、吉井にかぎらず、いまどきの刑事にそういうことを期待するのは間違っているのかもしれなかった。

竹村は異質なのである。自分でもそう思っている。捜査が始まると、事件以外のことに神経が行き届かなくなってしまうタイプだ。たとえば、警察内部での段取りだとか、事務上の手続きだとか、そういう「ビジネス」がもっとも苦手な男である。

捜査主任という立場は、いうまでもなく指揮官であり、現場の刑事や鑑識の収集したデータを分析し、その時どきに応じて、的確な捜査方針を打ち出す――というのでなければならないのだが、竹村はそれができない。自ら現場に飛び出して、猟犬のように臭《にお》いを嗅《か》ぎ回るのが趣味のような性癖だ。

そうして、思いがけない手掛りを発見でもしようものなら、ますますその穴に頭から突っ込んでいきたくなる。スタッフの指揮・監督どころか、自分自身の欲求も制御できるかどうか、怪しくなってしまう。

人間には誰しも、本音と建前がある。事情聴取の難しいところは、いかにして彼の本音を訊《たず》ね当てるかという点だ。

ただでさえ警戒心が強いところにもってきて、警察が相手となると、しぜんガードが固くなる。時には、事実とは正反対のことを喋ってしまうことだってあるだろう。

――あの人はほんとうにいい人でした。

――真面目《まじめ》で、優しくて、人柄がよくて、誰にも好かれる人でした。

――どうしてあんな目に遭《あ》わなければならないのか、さっぱり分かりません。

――あの人を憎むような者が、いるはずはありませんよ。

等々、故人を賛美する言葉は際限がない。まるで聖人君子ででもあるかのような人物像が浮かび上がる。

しかし、そういう言葉の裏には、必ず本音が隠されていると思って間違いない。

たとえばこんな具合だ。

——あんな悪いやつは、滅多にいるもんじゃないね。

——いい子ぶりやがって、冷酷で、ツンとすました、いやなやつでしたよ。

——うすうすはね、いつかこういう目に遭うんじゃないかって、そう思っていましたよ。

——あいつを殺したいやつなんて、掃いて捨てるほどいたんじゃないですかね。

それをほじくり出すのが、いわば刑事の仕事というものである。

たとえ、ほんとうにいい人間であっても、それだからといって、誰にも憎まれていないか——といえば、むしろその逆の場合だってある。

真面目で、仕事ができて、家庭を大切にする——といった、典型的な模範人間だって、殺されるときは殺されるのである。

なぜなら、彼がいるおかげで、大いに割をくっている出来の悪い人間にとっては、彼の存在は目の上のタンコブ、出世の妨げ、嫉妬《しっと》の対象でしかないのだ。悪者にとってはスーパーマンこそが悪の象徴なのである。

畑野高秀がどういう人間であったかは知らないが、少なくとも、生家の者にさえ悪《あし》様《ざま》に言われるような部分があったことは確かだ。だとすれば、その数倍以上、畑野には敵がいたと思ってまちがいない。

そういうことも素通りして、事情聴取を終えた――などと言っているようでは、突っ込み不足もいいところだ。竹村が腹を立てたのは、そこなのである。

しかし、若い木下には怒鳴りつける竹村だが、吉井には面と向かって叱責《しっせき》するようなことはしない。できない――のである。

吉井は竹村より五歳も年長で、刑事生活十八年のベテランだ。

したがって、やることにソツはないし、データの収集や整理など、女房役として、竹村にとって頼りになる存在であった。竹村が勇み足をしそうになるのを抑えたりもしてくれる。今回の東京行も、吉井が傍《そば》についていたら、絶対にさせなかっただろう。

ところが、その吉井本人が、竹村の東京行のきっかけを作ったのだから、皮肉なものではある。

「吉チョーの訊き残したようなことを、ひと当たり聞いて回ってみるつもりだよ」

竹村はあくまでも吉井を傷つけないような言い方をした。

「はあ……」

吉井は竹村の真意を察して、沈んだ声を出していた。

いったん置いた受話器をふたたび手にして、竹村は田尻風見子の番号をダイヤルした。

「はい、田尻です」

陽気そうな女性の声がしたので、風見子かと思ったが、母親であった。

竹村が名乗ると、母親は「警察、ですか？……」と緊張して、「風見子、風見子、警察から電話よ」と叫んだ。送話口を覆っているらしいのだが、声が大きいから全部筒抜けに聞こえる。

「あら、警部さん」

風見子は竹村の声を聞くと、驚いて、すっ頓狂《とんきょう》な声を出した。

「いま東京に来ているのです。あれから与板に行きましてね」

竹村はその経緯を話し、風見子と野村が燕署へ出頭してくれたことに感謝の気持ちを述べた。

「そんなの、いいんです。当然の義務ですもの。それより、面白かったですよ、いい経験でした。警察の中に入ったのって、はじめてだったし、刑事課長さんといろいろお話しできましたし、捜査のやり方っていうか、そういうの、面白そう……」

風見子はよく喋った。

「ははは、そんなに面白いっていう性質のものではないのですがね」

竹村は電話のこっちで、苦笑した。

「あ、そうですよね、面白いなんて言ってちゃ、殺された人に悪いですよね。でも、ほんとに興味あったんですよね。こんなんで、犯人が捕まるのかな、とか思ったりして……あ、また悪いこと言っちゃったみたい」

「いや、構いませんよ。しかし、そんなふうに思いましたか？　犯人が捕まらないのではないかと……」

「ええ、ちょっとね、私の記憶なんて、すっごく曖昧でしょう。それをさも事実みたいにまとめているんですもの、これ、違うんじゃないかなとか思ったんですよね。課長さんがメモしたの見ても、なんだか、私が目撃した人物とは別人みたいな気がしてきたりしちゃって……」

「なるほどねえ」

竹村はあり得ないことではない——と思った。そういうのも、警察の体質の、ひとつの欠点なのだ。

「でも、刑事課長さんは喜んでいました。これまでまったく手掛りがなかったのですから、大いに助かったって」

「そうでしょう。行ってもらっただけのことは必ずありますよ」

「それならいいのですけど……それで、竹村警部さんは、いつまで東京に？」

「明日の夕方には帰るつもりです。なにしろ急に出てきたものですからね」

「そうなんですか。もしよかったらお会いしたいですね」

「ははは、こんなオジンに会うより野村クンと会ったほうがいいでしょう。ところで、例の盗まれたフィルムのことですが、その後、何か変わったことはありませんか？」

「変わったこと……というと、あの、どういう？」

「たとえば、あなたが見たサングラスの男から、何か言ってきたというようなです」

「いいえ、それはありませんけど」

「あれからも、やはり、フィルムを盗まれた理由に、思い当たるものはないのですか？」

「ええ、ありません。ノムさんもぜんぜん思い当たらないって言ってます」

「そうですか、だめですか、しかし、ああまでして盗もうとしたからには、犯人側にはまちがいなく、何かしら理由があるはずなのですがねえ」

竹村は残念そうに言って、「それでは」と別れの挨拶《あいさつ》を言った。

「ちょっと待ってください」

風見子は慌てて言った。

「そうですよね、もしあの犯人の勘違いでなければ、確かに何かの理由があったはずですよね。私たちが見ていて、もしかしたら写真に写していて、それで気にも留めていなかった何かがあったにちがいないですよね」

「たぶん……」

「もっと考えてみます」

風見子はきっぱりした口調で言った。

「何かを見ているのですもの、必ず思い出してみます」

「そうですか、ほんとうですか、それはありがたい、お願いしますよ」

竹村は思わず、電話機に向かって頭を下げていた。

4

竹村警部からの電話が、風見子の頭にこびりついて離れなくなった。

——ああまでして盗もうとしたからには、犯人側にはまちがいなく、何かしら理由があったはずです。

そのとおりだ――と風見子も思った。もし彼女の思い違いでなければ、あのサングラスの男は遠く寺泊から追ってきて、油断を見すましてフィルムを奪ったのだ。

カメラごと運び去らなかったのは、カメラを持っていては具合が悪いと思ったのだろう。たとえば、もし検問か何かで捕まった時、カメラを持っていては言いのがれのできない窃盗罪になってしまう。フィルムだけならどうにでもなるし、まさか、フィルムを盗まれたからといって盗難届を出す者もいないだろうと考えたのかもしれない。

事実、野村は盗難届を出す気は全然なかった。

ともあれ、犯人は完全にあのフィルムだけを目的にしたのだ。

まったく奇妙な犯行ではあった。

しかし、あの竹村という警部が、なぜそんな取るに足らない窃盗事件に固執するのか、風見子には不思議だった。

よほどひまならともかく、現在、野尻湖の殺人事件で四苦八苦しているのだそうではないか。

（なぜだろう？――）

考えだすと、いろいろな「なぜ」が次々に浮かんでくるものである。

時計を見ると、十時を回っていた。風見子はちょっと躊躇《ためら》ってから、野村のアパートに電話をかけた。いつもどおり、不機嫌そうな管理人のおばさんが呼びに行って、まもなく足音と一緒に、「どうもすみません」という、野村の声が近づいてきた。

「なんだ、きみか」

野村は開口一番に言った。

「いまさっき、布団にもぐったところなんだよ。眠くてしようがない」

「なによ、運転してたのは私のほうでしょう。ノムさんが文句を言う筋合はないわ」

「いや、文句なんか言ってないよ。ほんと、感謝してるよ。このとおり」

たぶん電話に向かって謝っているにちがいない。その姿を想像して、風見子は（それがノムさんのいけないところよ――）と言ってやりたかった。

男なら、女の子なんかにペコペコするものではないのだ。

「何？　用事は」

「さっき、野尻湖のところで会った警部さんから電話があったのよ」

「へえ、あのおっさんから？　それで、何だって？」

「フィルムのこと、どういうものを写したか思い出してもらいたいって」

「思い出すっていったって、大したものを撮ってないのに。あの時、そう言ったじゃないか。しつこいね刑事なんていうのは」

「そう言わないでさ、少しは真剣に考えてやってもいいと思うんだけど」

「へえ、どうしてさ？　警察なんかに協力するのは、燕の警察へ行っただけで十分じゃないの？」

「だけど、一所懸命なんだもの、気の毒じゃない」

「驚いたなあ、風見子がそんなに、刑事なんかに同情的だなんてさ」

「同情的とか、そういうんじゃなくて、気になるのよね。ノムさんは気にならないの？　ねえ、平気なの？」

「気にするって、何をさ？」

「だから、あのフィルムに何が写っていたかってことよ」

「それは、まあ、気にならないこともないわけじゃないけどね……」

「ほら見なさいよ、やっぱり気になるところがあるんでしょう？　だいたい、あのカメラはノムさんのなんですからね。ノムさんがシャッターを切ったんだから、何が写っていたか、きっと見ているはずなのよ。思い出せるはずなのよ」

「そりゃさ、ちょっと気になる被写体はあるにはあるのだけどね」

「えっ？　そうなの？　何よそれ？」

「ボートに乗っただろ？　あの時ね、ちょっとね……」

「ちょっと何なのよ、何かあったの？　はっきり言いなさいよ」

「風見子がオールを漕《こ》いでいた時だったろ、それでさ、偶然、その、見えちゃったんだよね。いや、一瞬だけどさ、その、脚を組み替えようとした時さ」

「ばかばか、ばっかねえ、やだ、そういうことするわけ？　それを狙《ねら》ってボート、乗ったりしちゃうわけ？」

「いや、そんな、意識的にやったわけじゃないよ、ほんと、偶然だよ偶然」

「分かったわよ、呆れた、だけど、その写真が出回ったりしたらどうするの？　責任取ってくれるんでしょうね？」

「責任て……たとえば、嫁に行けなくなるとかかい？　いいよ、もちろん責任取っちゃうよ、喜んで」

「呑気《のんき》ねえ。それどころじゃないでしょう。もしかしたら、その写真をネタに、脅迫してくるかもしれないじゃない」

「いや、そんなにバッチシ撮れたかどうか分からないし、それに、その写真を目当てに盗んだとは考えられないけどなあ。湖の真中で、たまたまそういう写真が撮れたなんて、誰にも分かるはず、ないじゃないか」

「それはまあ、そうだけど……」

風見子は気が抜けた。まったく、あの野村のやりそうなことではあったが、確かに商品価値はともかく、盗みの対象になるかどうかといえば、彼女は自信などない。

「とにかく、ノムさんも真剣にあのフィルムのこと、考えてね」

捨て科白《ぜりふ》のようにそう言って、電話を切った。

それからベッドに入って、少しトロトロしたかな――という時刻に、野村からの電話が入った。母親の富子が、それこそ眠たそうな顔で呼びに来た。

「野村さんて、誰なの？　お友達？」

出雲崎行の相棒は、もちろん女友達ということにしてあるから、両親は野村のことは何も知らない。

「こんな時間に、非常識ね」

文句を言いながら、電話のほうをジロリと睨《にら》んだ。

「ありがと、もう行ってもいいわよ」

風見子は受話器を押さえて、母親を促《うなが》した。富子は気掛りな顔をして、それでも立ち去った。

「私ですけど、何なの？　こんな時間に」

「ああ悪い、起こしちゃったかな」

「当たり前でしょう、母が変な顔していたわよ」

「ごめんごめん、だけどさ、ちょっと面白いことを思いついたもんだから……ほら、さっき風見子が真剣に考えろって言っていただろ？　それで真剣に考えて、思いついたから、一刻も早く知らせてやろうと思ってさ」

「ふーん、何なの？　それ」

「あのさ、フィルムだけどさ、もしかしたら、やっこさん、もう一本のフィルムのほうがお目当てだったんじゃないかってさ、そう思ったんだよね」

「もう一本の？」

「ああ、今日は、出雲崎から柏原へ向かう途中でフィルムをチェンジしているんだよね。もしかすると、犯人はそっちの、前のほうのフィルムを狙ったんじゃないのかなってね」

「あ、そうね、そういう可能性もあるわよね。で、そっちのフィルムには何が写っているの？　盗まれるような、何かが写っていた可能性があるの？」

「さあねえ、どうかなあ……」

「ぜんぜん頼りないわねえ。思い出しなさいよ。まさか、ホテルでお風呂《ふろ》の中を盗み撮りなんかしちゃったりしてないでしょうね……あ、もしかしたら、私の寝顔なんか……やだわ、それより、変な写真撮ったりしてないでしょうねえ？」

「そんなことしてないよ。第一、風見子の変な写真て、どんな写真さ？」

「べつに、どうって……」

「とにかくさ、さっき、帰りがけに駅の写真屋に頼んできたからさ、明日の三時ぐらいには写真が出来ているだろう。それを見れば、何が写っていたか分かるよ」

野村はまた眠気を催したらしい。欠伸《あくび》を噛《か》み殺しながら、

「それじゃ、明日、写真ができたら電話するからね」

こっちが何か言う前に、さっさと電話を切った。

5

ほんとうのところ、風見子は「良寛」を卒論のテーマにすると決めた時点では、良寛のことをまったく知らなかったし、本や資料を集めたり、野村と一緒に出雲崎へ行くことを決めたりしているあいだでも、良寛が尊敬に値する人物なのかどうか、さっぱり分からなかった。

良寛の生涯を唯物的に眺めると、ただの乞食坊主のようにさえ見えないことはない。

良寛は出雲崎の庄屋の長男に生まれながら、せっかく敷かれたエリートコースに乗りきれずに、さっさと得度《とくど》して、近くの寺にいた国仙和尚という人に連れられ、岡山県倉敷市の玉島にある円通寺というところへ修行に行ってしまう。

つまりは、いま風にいえば「落ちこぼれ」人生の始まりである。

それからの仏の道も、冷淡な見方をすれば、あまりパッとしたものではなかったと言えそうだ。

恩師である国仙和尚は、良寛に対してなんと「大愚《たいぐ》」という号を与える。大愚とは、早い話が「大馬鹿《ばか》」ではないか。よく解釈すればたいへんな大物——ということなのかもしれないが、これまた冷淡に、ありのままに受け取れば、恩師も見捨てた落第生と見ることだってできる。

後世の史家や良寛の信奉者は、すべてをいい方にいい方にと解釈するから、良寛の生きかたを俗世を超越した悟《さと》りの境地みたいに、むやみに賛美ばかりしているけれど、ほんとうのところはどうだか分かったものではない——などと、風見子は思ってしまう。

まるで才能がなかったから、仏教界でも第一線に出ることもできず、仕方なく托鉢《たくはつ》の行脚《あんぎゃ》を続けていたのかもしれないし、それにも疲れ果てて、故郷に舞い戻ったのかもしれないではないか。

それが証拠に、良寛は郷里に戻っても、しばらくのあいだは、コソコソと隠れるように、小屋みたいな家に住んでいたらしい。その後も、あっちの寺、こっちの家——といった具合に、居所を転々と変え、世のため人のためになるような仕事もしないで、子供相手に毬《まり》をついて遊んでばかりいる。

そういう生きざまが尊い——などとは、若い風見子なんかには到底《とうてい》、理解できっこない。

良寛の代表的な書として名高い「天上大風」という文字など、まるで小学生が書いたように下手くそだ。それさえもありがたがるのは、「裸の王様」のたぐいなのではないだろうか——と、そうも思えるのだ。

良寛の人となりを伝えるエピソードのひとつに、玉島の円通寺時代のつぎのようなものがある。

ある時、良寛はみすぼらしい身形《みなり》で托鉢をしていて、盗人《ぬすびと》と間違えられ、村人に袋だたきにあう。ところが良寛はひと言も弁明しないで、叩《たた》かれるままでいた。

しまいに不思議に思った村人のひとりが、良寛の素性《すじょう》を訊くと、はじめて円通寺の良寛であることを名乗った。どうして黙っていたのかと訊くと、「こういう汚い身形をしているから、疑われるのは当然です。疑われる理由がわかっているから、黙っていたのです」と答えたというのである。

これと同じような逸話が、ほかにもあるところをみると、まんざら作り話とも思えないが、これを「さすが良寛」と見るか、「ばかみたい」と思うか、両方あってもおかしくなさそうだ。

少なくとも現代なら後者の見方が圧倒的だろう。風見子だって、きっとそう思うにちがいない。

ものの本には、大抵、こうした良寛の態度を「無抵抗主義」というふうに解釈して、ガンジーの例などと対比している。

しかし、客観的に考えれば、叩かれたほうはもちろん、叩いたほうも、あまり好ましい結果を招いたとは思えない。良寛の側はそれがいいと思って、ひょっとしたらマゾヒスティックな快感に浸っていたとしても、叩いたほうは後味が悪い思いをしなければならなかっただろう。皮肉に取れば、良寛はそういう連中の後悔するさまを眺めて、楽しんでいたのかもしれないではないか。

風見子は良寛のことを知れば知るほど、そういう、皮相的な見方で論文を書いてしまいそうな、あまりいい気分ではなくなってきていた。

それにしても、良寛に関する書物、研究書のなんと多いことか。風見子の机の上には、集めただけで、まだ広げてもいない本が七、八冊も積んである。

（とにかく、読まなくちゃ――）

朝食をすますと、風見子は珍しく机に向かって、それらの書物を読み始めた。

読めば読むほど、良寛の貧しげなことばかりが見えてくる。

良寛は国仙和尚から「清貧《せいひん》であれ、働け」ということだけを繰り返し教えられ、それをかたくなに守り続けたフシがある。まるで、かつての日本国民のテーゼのような生きかたである。いや、現代の日本人だって、多くはこういう思想から抜け出ることができずに、アメリカをはじめとする諸外国から袋だたきの目に遭っている。困った事態だが、そういうのは、良寛の時代から一貫して流れる、わが民族の特性なのだから、一朝一夕に改められるものではないのかもしれない。

とにかく、風見子はだんだんうんざりしてきた。

（結局、良寛ていうのは負け犬みたいな人生を送っただけなんじゃないの――）

そう思えた。

――庄屋になるのが辛《つら》くて出家した。

――坊主の社会に生きられなくて、郷里に戻ってきた。

――社会生活に同化できなくて、隠遁《いんとん》生活に入った。

こう考えてくると、どうも、良寛は「逃げ」るだけの生涯を送ったダメ人間だったとしか思えない。

師の教えである「清貧」はともかく、よく働くということも、郷里に戻ってきてからの生活ぶりを見るかぎり、なんだか、あまり働いたような形跡は認められない。

（いったい、良寛という人は、何者だったのかしら？――）

風見子は、そもそも、良寛という人物像そのものが、ひどく曖昧で、実体の摑《つか》めない存在だったように思えてきた。

そういえば、野村が冗談のように言っていた、「良寛隠密説《おんみつ》」だって、ひょっとすると笑ってばかりいられないのかもしれない。

どの本を見ても、玉島時代から郷里に帰ってくるまでの十数年間、良寛がどこでどうしていたのか、あまりはっきりした史実がないらしいのだ。

ことに、父親の以南が京都で自殺した当時は、彼の足跡はまったく跡絶《とだ》えていた。にもかかわらず、不思議なことに、以南の四十九日の法要には、ちゃんと出席したとされているのである。京都から岡山の玉島まで何日もかかる。それからどこへ向かったとも知れぬ良寛のあとを追いかけて、情報が伝わってゆくのにどれくらいの日数がかかるものか——。

そう考えてくると、良寛には情報をキャッチするシステムが繋がっていたのではないかという気がする。とても、単なる風来坊の雲水にできる芸当とは思えない。

風見子の頭の中で、良寛の虚像は、いよいよ摩訶《まか》不思議な姿に変身を遂げつつあった。

（そういえば、ノムさんの一茶はどうなったのかしら？——）

ふと連想が走ったとき、その野村から電話が入った。

「写真、上がったんだけどさ、見るかい？」

なんだか、昨日の意気込みからは、ずいぶん退嬰《たいえい》した印象の口調だった。

「どうだったの？　何か目新しい発見はあったの？」

「いや、だめだね」

野村はあっさり言った。

「大したものは写ってないんだ。三十六枚、全部目を通したけどさ、風景がほとんどで、そこに怪しい人物が写っているとか、そういうのはないね」

「そう……」

風見子もがっかりした。

「ただ一枚、良寛堂の石碑を撮ったのに、浴衣姿《ゆかたすがた》の観光客のグループが十人ばかり写っているけど、みんなじいさんばっかしでさ、あまり事件に関係がありそうにもないな」

「だけど、それかもよ。その人たちの誰かが、何かの事件に関係があるとか……とにかく、私も見るから、どこかで落ち合いましょうよ」

五時半、新宿東口の「滝沢《たきざわ》」で——と約束が決まって、風見子が電話を切ったとたん、またベルが鳴った。

竹村警部からであった。

「昨日はどうも、いかがでした？　何か思い出したようなことはありませんか」

「あ、ちょうどよかったわ。警部さんが言ってたフィルムのことなんですけど、昨日、あれから野村さんと連絡を取って、その時、彼が言うには、もしかしたら、犯人はもう一本のほうのフィルムを狙ったんじゃないかって……」

「もう一本？」

「ええ、つまり、あのフィルムに入れ換える前に入っていたフィルムのことです。それがさっき、焼付ができて、野村さんが見たっていうんです」

「なるほど、で、どうだったんですか？　何かそれらしいものが写っていましたか？」

「それが、残念ながら、何も怪しいものは写っていなかったって言うんですよね。でも、ただ一枚だけ、良寛さんの石碑を写したところに、観光客が十人ばかり写っている写真があるんですって。だから、ひょっとしたらそれじゃないかしらって。それで、私もその写真を見に行くところだったんです」

「そうですか……それ、私も見たいですね。どこですか？　野村さんの家は？」

「じゃなくて、新宿で落ち合うことにしたんです。彼、独身でアパート住まいだし、うちはだめだし……」

風見子は余計な説明までした。

「分かりました。それでは私も新宿へ行きますよ。場所、詳しく教えてください」

「でも、いいんですか？　お帰りにならなくても？」

「なに、構いません。どうせ早く帰ったってしようがないのです。大したお土産もありませんしね。それより、むしろそっちの写真のほうに興味がありますね。いったいどういうものが写っているのか、ぜひ見たいです」

「でも、期待なさるとがっかりしますよ、きっと。大したものは写ってないって、野村さん、言ってましたから、むしろ、もう一本のほうがよかった……」

風見子はボートで写された写真のことを思い出していた。

6

新宿の「滝沢」は、待ち合わせや商談に使われる、和風の高級喫茶店である。どちらかといえば、ヤングに向かない店だが、それだけに、こっそり会うには便利な穴場であるともいえた。

野村はとっくに来て待っていた。灰皿に三本分の吸殻《すいがら》があった。

「昨日はお疲れさん」

野村は笑顔を少し引き締めて、軽く会釈した。

「やあだ、そんなふうにマジで言われると、照れちゃうわ」

「だって、ほんとに感謝しているんだから」

「はいはい、じゃあ、どういたしましてって言えばいいんでしょ」

風見子はコーヒーを頼んだ。

「写真、見せて……あ、それからね、長野の警部さんが来るわよ。さっき、電話があって、写真のこと話したら、ぜひ見たいって言うから、ここ、教えてあげたの」

「ふーん、やけに熱心だな。関係ない事件なのにさ。だけど、この場所、分かるのかな、相手はカッぺだぜ」

「分かるでしょう、新宿で『滝沢』っていえば、すぐ分かるって教えておいたから」

「ばかだなあ、『滝沢』は西口にもあるんだぞ。あっちへ行ったら、ぜんぜん方向違いじゃないか」

「あら、そうなの？　だって、知らなかったんだもの」

「まあいいや、分からなきゃ分からないでいいじゃない」

「ひどい、そんなの可哀相《かわいそう》よ」

「大丈夫だよ、刑事だからさ、ちゃんと見つけて来るよ」

野村は写真を風見子に渡した。サービスサイズだが、さすがに写真マニアだけあって、なかなかよく写っている。

東京からのドライブの途中、車の窓から撮った写真が少しと、あとは岩室温泉に着いてから、国上山の五合庵に出掛けた時の風景写真がほとんどだ。

五合庵への登り口にある文覚寺という寺や石段。

五合庵を前後左右から撮ったもの。

五合庵の内部。

縁先に置いてあった芳名録。

五合庵からさらにその奥へ登ったところにある国上寺の本堂。

山の上からの風景。

なんだか意味不明の石碑。

麓から見上げた国上山の全景。

新信濃川にかかる野積橋の上から撮った風景。

翌日、岩室温泉を出て出雲崎へ向かう途中の風景。

出雲崎の良寛堂。

そういった被写体にまじって、風見子のスナップ写真がいくつか混じっている。

「あら、こんなの、いつ撮ったの？」

風見子が気づかないでいた写真が二枚あった。

「これ、問題よ。肖像権の侵害だわ。殴り込みかけちゃうから」

「へへへへ、どうぞどうぞ、ぶってぶって」

「ばかねえ」

ふざけながら写真をすみずみまで見たが、たしかに、野村の言ったとおり、怪しげな写真があるようには思えなかった。

「やっぱり、この浴衣の団体さんかしら？」

良寛堂のところで写した写真に、たまたま写ってしまった老人会か何かの団体が、ちょっと異質な感じがする。

「だろう？　これくらいなものだよね」

とはいっても、そこに写っている老人の誰かにいわくがあるようにも思えない。第一、虫メガネでもなければ、顔の識別すらおぼつかなかった。

「これ、引き伸ばすこと、できるの？」

「ああ、できることはできる。腕はいいし、カメラもいいからね。レンズの解像力からいっても、四つ切ぐらいには十分、伸ばせるんじゃないかな」

「それすれば、人相も分かるかもね」

「ああ、そうかもしれないが、何も写っていなかったら、ばかみたいだな。こんなの、くだらない写真だからね」

「そうよねえ、こっちの写真みたいのだと、伸ばし甲斐《がい》もあるけど」

風見子は新信濃川に架かる野積橋から撮った写真を手にした。

「きれいな夕日ねえ」

「ああ、それはいい写真になるね。河口に浮かぶ小舟のシルエットがじつに美しい」

野村は風見子の手にある写真を覗き込んで、ちょっと怖いような表情になった。

「ノムさんて、そういう顔をしている時がいちばん素敵よ」

「ばか、よせよ、そういうことを言うなよ」

野村はたちまち赤くなって、スッと身を引いた。

「ところで、遅いんじゃないか？　やっぱしあの警部、迷っちゃったんだよ」

「そうかなあ、だとすると、悪いことしちゃったかなあ……」

「いいさ、気にしない気にしない。それよかさ、今回の旅行、良寛の研究者としては、何か収穫はあったのかい？」

「そうねえ、まあ、あったんじゃないの、いろいろと」

「ならいいけどさ、こっちは柏原で撮った写真がみんなパアになっちゃうし、ちょっと参ったよね」

「そうね、その点はお気の毒みたい。だけど、私のほうは、良寛を選んだことそれ自体が、なんだか失敗かなとか、そんな気がしてきちゃったのよね」

「なんだいそりゃ？　ばかに自信なさそうじゃない？」

「そうなのよねえ、良寛てさ、なんだか、ただのアホだったんじゃないかなんて、そんなこと考えだしたら、魅力、無くなってきちゃったのよね」

「ただのアホ？　良寛がかい？　まさか、そんなこと言ったら、新潟の人に怒られちゃうぞ」

「でしょうね、だけど、ほんとにそう思ったんだから仕方ないじゃない。思うのは勝手なんでしょ」

「そりゃまあ、そうだけどさ、だけど、あんなに意気込んでいたのに、どうしたっていうんだい？」

「じつはね……」

風見子はけさ、良寛の本を読んで感じたことを話した。

「なるほどね、良寛裸の王様説っていうわけだな」

「それとも、その実体は隠密——っていう、ノムさんの説が正しいかもね」

「へえー、おれの説に賛成してくれるってわけか。うれしいね。じつは、こっちの一茶もね、調べていくと、だんだん芭蕉の隠密説に近くなってくるんだよね」

「ほんとなの？　なんだか、どっちも不真面目な卒論になりそうだなあ」

「そう言うけどさ、芭蕉だけじゃなく、この前も言ったみたいに、葛飾北斎だって隠密説があるんだから、あの当時、日本中をウロついていた連中は、すべて隠密の資格ありと考えたって、そんなに間違っていないかもしれないよ。良寛の親父《おやじ》さんだって、桂川に入水《じゅすい》する際、辞世《じせい》の和歌を残しているのだけれど、それが尊皇思想《そんのうしそう》を読み込んだものだったっていうからさ、真相はいろいろ臆測《おくそく》する余地があるわけだよね」

「やあねえ、ノムさん、そんなことまで詳しいの？　ノムさんは一茶だけをやってればいいんでしょう」

「まあそう言うなよ、一茶と良寛の接点がさ、どうなっているのか調べると、そういうこともしぜん、分かってきちゃうんだから」

「それはたしかにそうよね、一茶と良寛がぜんぜん会ったことがないなんて、どう考えたっておかしいわよね。だけど、ノムさんは絶対、良寛のことは書かないでよ」

「ああ、書かないよ、良寛のことで気がついたことは、みんな風見子に教えちゃうよ」

「よしよし、それでこそ私のノムさんね……だけど、警部さん、遅いわねえ」

時計を見ると、すでに四十分を経過している。さすがに心配になって、風見子が腰を浮かせかけたところに、竹村が汗を拭《ふ》き拭きやってきた。

「いやあ、もう一軒のほうへ行ってしまいましてね。しばらく待ってから訊いたら、こっちにもあるっていうもんで、走ってきましたよ」

「ごめんなさい、私が悪かったんですよね。あっちにも『滝沢』があるって知らなかったものだから」

風見子は何度も頭を下げた。

「いや、いいんです。田舎者は歩くのには慣れていますからね。それより、写真、拝見させてください」

野村が「どうぞ」と渡した写真を、竹村はサッと見て、もう一度、最初からゆっくり見て、三度目には、その中からまったくの風景写真だけを削除して、残った写真を食い入るように見ては、さらに不要な部分をとり除いていった。

最後に、手元に数葉の写真だけが残った。

（やっぱり、専門家のやるやり方は違うものなのね……）

簡単なことといえばいえるけれど、風見子は竹村のそういう仕分け方に感心してしまった。

「これだけ残りました。この中に何か、引っ掛かるものがあるのかもしれませんね」

テーブルの上に並べた写真は五葉。その中には良寛堂のところの、例の観光客の団体も入っていた。

そしてほかの四枚のうち三枚までが、野積橋の上から撮った、日本海の夕日の風景であった。もう一枚は五合庵の芳名録。

「これ、ですか？……」

野村は不思議そうに、夕日の写真を三枚、手元に並べ直して、眺めた。

金波銀波が輝く中に、手漕ぎ舟が一艘《そう》、完全なシルエットになって、揺れている
――という写真だ。風見子も野村も、これがいいと言った写真であった。

「この写真のどこが引っ掛かると？……」

「さあ、それは私には分かりません。ただ、この男が、こっちを指差しているのが、ちょっと気にかかるのですがね」

「指差している？……」

風見子は野村のわきから、しげしげと写真を覗き込んだ。

「これ、指差してます？　私は手を振っているのかと思って、こっちも手を振ってあげたんですけど」

「それに……」と野村は言った。「こんなシルエットじゃ、いくら伸ばしたって、補正したって、どういう人間が写っているのか、ぜんぜん分かりませんよ。盗む意味がないですよ」

「それは違うでしょう」

竹村は意外なことを聞く――というように、目を丸くして言った。

「こちらからはまったくの逆光だったということは、向う側から見ると、完全な順光だったわけでしょう。あなたがたの顔かたちまで、はっきり見てとれたはずですがねえ」

「あ……」

野村はようやく気付いた。

「ほんとだわ」

風見子も叫んだ。

竹村の言うとおりであった。

「じゃあ、この人、こっちに手を振っていたんじゃなくて、私たちが写真を撮っていることに気がついて、仲間に教えていたのかもしれませんね」

「ことによると、そうかもしれません。それで、次の日、あなた方はまたあの橋を渡って、寺泊を通り、出雲崎に立ち寄ったわけでしょう？　その時、前日にあなたたちに写真を撮られた人物が、たまたま、あなたがたを発見して、追跡することになった……と、こう考えていいと思います」

「だけど、いったいどうして？　写真を撮られたからって、べつにそんなにムキになって、わざわざ野尻湖まで追い掛けてきて、フィルムを盗むことはないと思うのですが」

「それはあくまでもこっちの論理でしてね、向うにはそれなりの理由があったということでしょう」

竹村は冷やかな表情で言った。

「それにしたって、いったい何が……何をしていたのかなあ？」

野村と風見子は顔を見合わせた。

「そういえば、あの二艘の舟は、あんなところで何をしていたのかしら？」

「そうだねえ、あの時は魚でも釣っているのかなとか思っていたのだけれど、釣竿《つりざお》があったような記憶はないし……かといって、投網《とあみ》を打っていた様子もなかったなあ。あれは何だったんだろう？」

二人とも、すっかり考え込んでしまった。それから風見子がふいに思いついた。

「やだ、もし警部さんの言うとおりだとすると、向うはこっちの顔をはっきり見てるわけよね……それに、車のナンバーも見られているし、あっちのフィルムに狙った写真がなかったと分かると、このフィルムを奪うためにやって来るんじゃないかしら？」

「あり得るね……」

　野村も頷いた。

「どう思います？　警部さん」

「それはたしかに、考えられますね」

「だったら、どうしたらいいんですか？　警察に言えば守ってくれますか？」

「たぶんだめでしょう」

　竹村は眉《まゆ》をひそめて、言った。

「まだ、すべてのことが仮定の話でしかありませんからね。ほんとうにそういうことがあったのか、ほんとうに犯人がフィルムを狙ってやって来るのか、証明するものは何もありません。警察はそういう状況では、よほどのVIPでもないかぎり、まず警備に入ることはしないと思ってください」

「そうですね、警察は事件が起きて、はじめて行動するのですからね。殺されてはじめて殺人事件が成立するわけだもの」

　野村が吐き出すように言った。

「ノムさん、失礼よ」

　風見子は窘《たしな》めた。

「いや、事実ですから、言われても仕方がありません」

竹村は苦笑した。

「警部さんの事件のほうはどうだったんですか？　何か収穫があったのですか？」

風見子は野村がこれ以上失礼なことを言わないように、急いで話題を変えた。

「ええ、一応の成果はありました。与板の被害者の生家と、今日は被害者宅を訪ねましてね。ちょうど密葬の場所に行きあわせて、親戚やら知人やらを当たって、いろいろと面白い事実を聞き込むことができましたよ」

「じゃあ、これでもう、長野へ帰ってしまうんですか？」

風見子は少し寂しそうに訊いた。

「いや、その予定だったのですがね、肝心の被害者夫人にろくな質問も出来ないような状態だったもので、明日、もう一度行ってみるつもりです」

そう言った瞬間、それまでは穏やかに笑っていた竹村警部の眼《め》が、ギラリと猟犬のような光を放ったように、風見子には見えた。

第四章　幽霊屋敷

1

畑野家は吉祥寺《きちじょうじ》駅から歩いて五、六分の、あまり上等でないアパートが建ち並ぶ街にある。畑野家もそうしたアパートと大して変わりない。モルタルの壁が剝《は》げ落ちかけたような、おそろしく古い二階家だ。一戸建ては一戸建てだが、隣家とは隙間《すきま》もないくらいにくっついていて、アパートと大して変わりはない。ブロック塀と建物とのあいだも、庭と呼べるほどのスペースはなく、門のむこうは敷石一枚で玄関である。大学教授の家がこんなものなのか——と思えるような粗末な建物であった。

昨日、竹村が訪れた時には、玄関先や道路にまで、弔問客の姿がチラホラ見えたのだが、今日の畑野家は門は閉ざされ、ひっそりと静まり返っている。

門柱のインターフォンのボタンを押すと、「はい、どなたさまですか」と、憂鬱《ゆううつ》そうな女の声が出た。畑野夫人である。

「昨日お邪魔した、長野県警の竹村ですが」

竹村が名乗ると、しばらく返事がない。あまり歓迎されていない雰囲気が、小さなスピーカーから流れ出てきそうだ。

玄関から畑野未亡人自身が出てきて、鍵《かぎ》をあけてくれた。

――畑野恭子《きょうこ》　四十三歳――

竹村の手帳にはそう書いてある。新潟県西頸城《くびき》郡の出身で、十五年前に畑野と結婚して、現在、八歳になる息子がいる。

恭子は若い頃《ころ》はさぞかし美貌《びぼう》であったにちがいない。越後美人といってよさそうな、色白の瓜実顔《うりざねがお》である。竹村は葬儀が行なわれているあいだ、ずっと、彼女を見ていたが、霊前に坐《すわ》り、傍らに息子を置いて、弔問客に礼をしている様子は、なかなか絵になっていた。

玄関を入って、狭い廊下を挟んだとっつきが、ダイニングキッチン兼応接室兼居間になっている。その奥の畳の部屋に祭壇が飾られ、畑野高秀の写真がこっちを向いていた。白髪、痩《や》せ型だが、女子学生に人気のありそうな、なかなかのダンディーぶりである。

竹村はテーブルについて正面に恭子と向かいあった。

「まだ何かお訊《き》きになりたいことが？」

恭子は冷たい声で訊いた。昨日はまだしも、大勢の客や親類の者がいたせいか、疲労感漂《ただよ》う顔にも、なるべく微笑を絶やさないようにしようという姿勢があったが、いま見る顔は能面のように冷たい。

客は自分の夫が殺された事件を捜査してくれている警察官だというのに、まるでいやな相手に対するような、愛想のなさである。

「昨日はお取込み中だったので、あまり詳しい話を聞けませんでした。たびたびで申し訳ないですが、ひとつ警察の捜査に協力してください」

竹村は下手に出て言った。

「はあ、それはもちろんそうさせていただきますよ」

未亡人は殊勝らしく頭を下げはしたが、白い顔に皮肉な微笑を浮かべて言った。

「でも、刑事さんは二人で来るのがふつうだって聞いてますけど、あなたのように一人で訪問してもいいのですか？」

竹村は苦笑いをした。一般に刑事の聞き込みは二人ひと組が原則である。証拠能力の問題があるからだが、他方、不測の事故等を防ぐ意味あいもある。

刑事自身の安全を確保するためであることもいうまでもないが、相手方に対して、刑事が捜査規範を越えた行為に出ないよう、二人の刑事がたがいに監視しあうという意味もある。

「なにぶん、捜査本部が長野という遠いところだものですから、われわれは手分けして動いているのです。一昨日、私は新潟のほうにおりまして、直接、こっちへ来ることになったもので、単独行動をしないわけにはいかないのです」

「新潟……といいますと、どちらへ？」

「与板です。畑野さんのご実家のほうへ行きました」

「まあ、そうですの。でも、与板には甥《おい》の嫁が留守番しているだけでしたでしょう。義兄《あに》夫婦と甥たちはこっちにきていて、昨日帰ったばかりです。刑事さんは義兄とは会わなかったのですか？」

「会いました。ほとんど行き違いのようなことで、あまり話は聞けなかったのですが、しかし、与板のお嫁さんにはゆっくりお話を聞くことができましたので、だいたいのことは分かっています」

「はあ……」

恭子は眉《まゆ》をひそめた。

「だいたいのことって、何が分かったのです？」

恭子はかすかに不安の色を見せた。与板の嫁が何を言ったのか、ちょっと気になる……という様子だ。

（妙だな――）と、瞬間、竹村は思った。

恭子の見せた表情は、まるで取調室での被疑者のものであった。何か隠していることを嗅《か》ぎつけられはしまいか――と思う時に被疑者が見せる、微妙な心の揺れを、恭子の目の奥に覗《のぞ》いたような気がした。

被疑者にかぎらず、刑事に事情聴取や聞き込みを受けた人ならよく知っていることだが、刑事は話している最中、必ずじっとこっちの目を見つめている。訊問《じんもん》される側にとって、これほど不愉快なものはないのだが、あれがつまり「刑事の眼《め》」というやつである。

刑事は絶えず、相手の眼を見つめ、話そのものより、相手の気持ちの動揺を見逃さないように努めるのだ。優秀な刑事ほどそうである。

「ご主人――畑野さんはかなり巨額の借金に苦しんでいたということですが」

竹村はポケットからマイルドセブンを出して、「吸ってもいいですか？」と訊いた。

べつに煙草《たばこ》を吸わずにいられないほどのヘビースモーカーというわけではないのだが、これは、じっくり腰を落ち着けて事情聴取に入りますよ――という意思表示である。

恭子は仕方なさそうにうなずいた。

「聞くところによりますと、かなり強引な取り立てがあったりして、お困りだったそうですね」

「一時はそういうこともありましたけど、いまはもうありません」

恭子は苦笑いを浮かべて、言った。

「ほう、そうしますと、借金は全部清算できたのですか？」

「ええ、スッテンテンになりましたわ」

自嘲的《じちょうてき》に、声を立てて笑った。

竹村は恭子の言っている意味が、分からなかった。

「借金を返済できたのに、スッテンテンというのはどういう意味ですか？」

「ですからね、借金を返した代わりに、こんな借家に住んでおりますのよ」

「あ、そうだったのですか……」

竹村は思わず、痛ましい顔になった。

正直なところ、借金を返済したのは、畑野の死によって入った生命保険金のおかげかと邪推したかったのだが、考えてみるまでもなく、畑野の死が確認されたのはほんの数日前のことである。

もし、畑野の死がずっと以前に分かっていれば、そして、その時点で保険金でも入っていれば、ひょっとすると畑野家は破綻《はたん》しないですんだのかもしれない――。

そう思った瞬間、竹村の脳裏を黒い雲のようなものがよぎった。

（おや？――）と思った。何か心に引っ掛かるものを感じたことは確かなのだ。いわゆる第六感というのだろう。竹村にはこういう得体の知れぬ天啓のようなものの兆《きざ》すことが、ままある。

（何だろう？――）

竹村はじっと、自分の内面を見つめてみた。意識のスクリーンに何か映っているような気がするのだが、その「何か」の形ははっきり見えてこなかった。

どうやらまだ、機は熟していないらしい。

2

ほんの一分にも満たない時間だが、「黒い雲」の正体を見極めようとしているあいだ、竹村は言葉をとぎらせた。

「あの、こんなところでよろしいですか？」

恭子は腰を上げかけた。

「でしたら、これから息子を迎えに行かなければなりませんので」

「あ、もうちょっと話を聞かせてください。それとも、差し支えなければ、学校まで一緒に歩きながらでも結構ですが」

「そうですか……」

恭子は露骨に迷惑そうな顔をしたが、時計を見て「それでは」と立ち上がった。

学校までの距離は、およそ十分ほどだという。

「引っ越してきたのは一昨年なんですけど、息子はなかなかこの街の地理に慣れないし、それに、お友達にも恵まれなくて、いまだに迎えに行かなきゃならないんです」

玄関に鍵を掛けながら、恭子は言い訳がましく言った。

「もっとも、それは私自身のための弁解かもしれませんけどね。主人がいなくなってからは、あの子だけが生き甲斐《がい》みたいなものですから」

「分かりますよ」

竹村はこの手の話には弱い。すぐに感情移入して、涙ぐんだりしてしまうのだ。

「たしか、畑野先生は生きていれば六十歳でしたね。そうしますと、奥さんとは十七違いですか」

「ええ、あの人は再婚で、私は初婚でしたから。主人がいなくなった時には、まだ息子は五歳になったばかりで、どうしていいか分からなくて――」

「そうそう、そのことなんですがね、奥さんは警察に捜索願は出さなかったのだそうですが、何か理由でもあったのですか？」

「それは……それは、主人の借金のことが大学に知れたりすると具合が悪いし。それに、ほんとうのことを言うと、最初のうちは、主人が誰《だれ》か、女の人と蒸発でもしちゃったんじゃないかと、そんな疑いを持ったものですからね」

「ほう……そういう疑いを抱かせるようなことが、過去にもあったのですか？」

「ええ、主人は女好きで、それまでにもいろいろあったし、借金だって、もともと暴力団関係の女性に手を出したことから、どんどん増えてしまったようなものなんですよね」

「それにしても、捜索願を出していれば、もっと早くご主人の行方は摑《つか》めたかもしれないじゃありませんか」

「そんなの嘘《うそ》ですよ」

恭子は口を尖《とが》らせて竹村を見た。一瞬、足の運びも停《と》まったが、すぐにまた歩きだした。

「警察なんて、いくらこっちが心配して捜索願を出したって、本気で相手にしてくれっこありませんよ」

恭子は憤懣《ふんまん》やるかたない――というように、激しい口調で喋《しゃべ》った。そういう喋り方にはどことなくはすっぱな感じがあった。たぶん口調どおり、気性のほうもかなり激しいにちがいない。

「そんなことはないと思いますがねえ」

竹村は苦笑いをしながら、言った。

「いいえ、だめですよ、絶対」

「そうおっしゃるからには、以前にも何か、そういう事例を経験しているのですか?」

「え? いえ、そういうわけじゃないですけど――ちょっとそんなようなこと、聞いたことがあるものですから」

「誰なのですかねえ、そういうことを言ったのは?」

「誰って……主人ですよ。主人がそんなようなこと、言っていたのです。警察は頼りにならないって、事件が起きてからでないと、助けてくれないって」

「はあ……」

竹村は反論はできなかった。たしかに警察にはそういう体質がないわけではない。公安関係でもないかぎり、起きるか起きないか分からないような「事件」に対して、人員を投入したりはしないものだ。

野村も言っていたけれど、事件というのは発生してからはじめて「事件」になるのであって、単なる可能性だけでは警察はなかなか動かない。それはどことなく葬儀社と似たところがある。葬儀社は人間が死ななければ業務が発生しない。ただし、死にそうな人間というのは必ずいるものであるから、たえずそれに対応できる準備は整えておかなければならない。

警察だって同じことだ。事件がなければ業務はないわけだが、事件は必ず起こる。起きなければ警察は無用の長物と化し、警察官は失業するわけだ。そういう意味からいうと、警察は事件が起こることを待っているといえないこともない。ことに刑事はそうだ。膨大な人員も資材も、葬儀社が人の死ぬのを待っているように、ひたすら事件の発生を待っているのである。

「もう何度もお訊きしていることですが、ご主人を恨んでいるような人の心当たりは、やはりないのですね」

竹村は態勢を立て直して、言った。

「ええ、ですからね、そのことはもう言ったでしょう」

恭子は煩《うるさ》そうにかぶりを振った。

「主人を殺したのは、取り立て屋の暴力団のやつに決まってますよ。その前から、殺してやるって脅していたんですから。もう、私や息子まで殺されるんじゃないかって、ほんとに恐ろしくて……だけど、どうして警察は何もしてくれなかったんですかね」

「はあ、まことに残念なことですが、警察というのは、現実に事件が起きてからでないと、どうにも手の出しにくい面があるわけでして。それに、民事のことには本来、介入しないというのが警察の建前になっているものですからね、なかなか簡単なわけにはいかないものなのです」

「そのくせ、事件が起きると、まるで私たちが犯人であるかのように、しつこく調べに来るんですから、いやになってしまう」

「いや、べつに奥さんを犯人扱いするようなことはしませんよ。あくまでも事情聴取ということでありまして、とにかく、いちばん身近なところからも聞き込みを始めなければならないのですから、その点をご理解いただきたいものです」

竹村はまた頭を下げた。

「しかし、奥さんが言うように暴力団の仕業というのはどういうものですかねえ。取り立てる相手を殺してしまっては、元も子もないことになるのじゃありませんか？」

「そんなこと、主人が生きていたって返せるってものでもないでしょう。それより、主人が死んだほうが保険金は入るし、それとも、早いとこ、あの家から私たちを追い出して、転売しちまったほうが簡単にお金になるじゃありませんか」

「なるほど、そういう考え方もありますかねえ」

竹村はジロリと恭子の横顔を見た。

「そうすると、ご主人は保険に加入していたのですか？」

「ええ、私は知らなかったのですけど、あとで大学の主人の机を調べたら、行方知れずになる半年ばかり前に、かなりの保険に入っていたんですよね」

「いくらぐらいですか？」

「さあ、よく分からないのですけど、死亡時に一億五千万円ぐらいは入るのじゃないかしら？」

「それはすごい……」

思わず、竹村は感嘆詞を発してしまった。

「それで、その保険はどうしました、継続していたのですか?」

「もちろん継続していましたよ。私にとってはそれだけが唯一、主人の遺産になるかもしれないわけですからね」

「しかし、そんな大きな金額で、しかもご主人の年齢だと、掛け金のほうもばかにならなかったでしょう?」

「そうなんですよね。でも何が何でもこれだけはと思って、必死になって払い続けました。これまでの三年間、そのために苦労してきたと言ってもいいわ」

竹村はゾーッとした。ひたすら夫の死亡を願いながら、なけなしの収入の中から保険の掛け金を払い続けたというのは、これはもう女の執念というほかはない。

十分の距離は短い。気がつくと、もう目の前に学校があった。校門の前には数人の母親が佇《たたず》んでいて、恭子の顔見知りが挨拶《あいさつ》を送って寄越した。中には「このたびはどうも」と、悔やみを言う者もいた。事件のことはすでに知れ渡っているのだろう。

いずれにしても、もはや恭子に対する事情聴取は不可能な状況であった。竹村は少し離れたところから、彼女たちの様子を見るともなく眺めていた。

母親たちはいずれも恭子よりははるかに若い感じだ。晩婚の恭子なのだから仕方がないのかもしれないが、少し疲れた中年女が、若い母親たちの中で肩をすくめるようにしているのは、なんとなくうら寂しい感じがする。竹村の妻の陽子は三十二歳である。もしこれから子供が出来るとなると、ああいう母親の姿になるというわけだ。とても他人《ひと》ごととは思えない。

やがて終鈴が鳴って、校舎から子供たちが走り出してきた。迎えの母親を見つけて駆け寄ってくる子供、友達とグループで校門を出てゆく子――。べつに何の変哲もない、ごく日常的な街の風景だが、子供のない竹村の目には新鮮なものに映った。

（今年あたり、なんとか頑張ってみなきゃいかんな――）

そう思って目を閉じた時、陽子の裸身がまぶたの裏に蘇《よみがえ》った。竹村は慌てて目をしばたたいた。

「では失礼します」

声を掛けられて気がつくと、畑野未亡人が、目の大きな愛くるしい男の子の肩を抱くようにして、竹村の前を通過して行った。竹村の顔を不思議そうに見上げた男の子の目が、いつまでも印象に残りそうだった。

3

公衆電話で長野中央署の捜査本部に電話を入れると、デスクの警部補が「ちょっと待ってください」と言って、すぐに細田署長と代わった。

「竹村君、いつまでそんなところをうろついているんだね」

細田は甲高い声で、のっけからきびしいことを言った。

「捜査を指揮、統率すべき主任が動き回ってばかりいたんじゃ、捜査本部の機能は麻《ま》痺《ひ》してしまうじゃないか」

「はい、分かっております。それでですね、早速ですが、捜査の指示を出したいと思いますので、吉井部長刑事に代わっていただけないでしょうか」

「ん？　ということは、何か新しい事実でも出てきたということかね？」

「はあ、まあそういったところです」

細田署長は不満げに、意味不明の言葉をブツクサつぶやきながら、それでも吉井に受話器を譲った。

「吉チョー、またご苦労だけど、中央署の矢野刑事と一緒に、今度は新潟県の寺泊に行ってくれないか。五月十六日、新信濃川河口付近で二艘の手漕《てこ》ぎ舟が何か作業をしていたらしいのだが、そのことを洗ってもらいたい。誰が何をしていたのかをね」

「はい……あの、そのことが何か、野尻湖の事件と関係があるのでしょうか？」

「どうかな、あるかないか、調べてみないことにはなんとも言えない。とにかく行ってみてくれ」

「分かりました」

「それから、木下君を東京に来させるように、署長に伝えてくれ、こっちの連絡場所はキノさんに直接言うから、ちょっとキノさんに代わってくれるか」

「あ、あの、警部はまだこちらに戻ってこられないのですか？」

「ああ、もう一日か二日、東京で動いてみるつもりだ。場合によってはもう一度、新潟へ行くようになるかもしれない」

「しかし、署長が……」

「分かってるよ。主任警部が飛び回っていちゃ具合が悪いっていうんだろ？　だけど、これがおれの性分なんだからしようがない。それは吉チョーだって知ってるじゃないか」

「はあ、私はいいのですが……」

「いいから、とにかくキノさんに代わってくれよ」

木下刑事が出ると、竹村は連絡場所のビジネスホテルを教えた。

「経理に言って、軍資金を少し用意してきてくれ。あ、それと、ついでにおれのうちに寄って、下着の着替えを持ってきてくれるよう、頼むよ」

待ち合わせの場所と時刻を打ち合わせて、もういちど「頼むよ」と言った。

「はい分かりました」

木下は電話を切りかけて、慌てて言った。

「ちょっと待ってください、署長が何かお話ししたいことがあるそうですので……」

木下の声を聞こえなかったことにして竹村は邪険に受話器を置いた。

その足で、竹村は畑野家の以前の家を訪ねてみることにした。

かつての畑野家は、現在の畑野家があるあたりからそう遠くない、井《い》の頭《かしら》公園に隣接する、高級邸宅街にあった。

車がしげく行き来する道路から、少し入ると、大きな樹木が覆いかぶさるように繁茂して、武蔵野《むさしの》の面影が色濃く残る。

旧畑野家はかなりの広い敷地に建つ二階建ての洋館だ。年代はいくぶん古いらしい。建築様式も用材も、ツーバイフォー全盛の現代のものとは明らかに違う。しかし、それがかえって、重厚な雰囲気を醸《かも》し出しているともいえた。

門柱に表札は無かった。建物の様子にも人の住む気配は感じられない。どことなく幽霊屋敷のような、不気味な静けさが建物にも、周囲の空間にも漂っているようだ。

隣家の門から女性が出てきた。

竹村は近寄って手帳を示した。訊くと、その家の主婦だという。

「お隣は空き家のようですね？」

「ええ、いまのところは空き家になってますけれど」

「畑野さんが引っ越して行ってから、ずっと誰も住んでいないのですか？」

「いえ、一年ほど前外人さんが借りて住んでらしたのですけど、半年ばかりでお出になって、それからは空き家です」

「これだけの家だと、借りるのにも相当な家賃なのでしょうね」

「だと思いますけど、借手がつかないのは、そのためではなく、変な噂《うわさ》のせいなのだそうですよ」

「変な噂というと……まさか、お化けが出るとかいうんじゃないでしょうね？」

「いいえ、そのまさかなんですって」

夫人は言って、首をすくめた。竹村の第一印象は正しかったということか。しかし竹村は「まさか……」と笑った。

「いまどき、幽霊屋敷なんて、流行《はや》らないでしょう」

「でもね、外人さんはたしかに見たって言ってらしたから……」

夫人は不満そうだ。

「ところで、最近、長野県の野尻湖で畑野さんのご主人が白骨死体で見つかった事件のことは、ご存じですか？」

「ええ、そうらしいですわね。でも、お引っ越しなさってずいぶん経《た》っておりますので、あまりショックは受けませんでしたわ」

「お隣とは親しかったのですか？」

「いえ、あまり行き来はしていませんでした。前の奥様の頃は、親しくしていただいておりましたけれど、二度目の奥様はちょっと……」

隣家の夫人は言い淀《よど》んだ。

「ちょっと、何ですか？」

「いえ、何でもありません」

「あまり気が合わない感じだということですか？」

「ええ、まあ……」

「あの奥さんの性格だと、お宅ばかりでなく、近所付き合いはあまりなかったのじゃないですかねえ」

「そうなのですよ」

夫人はわが意を得たり——とばかりに大きく頷《うなず》いた。

「これもみなさんがおっしゃってたことですけれど、あの奥様、たぶんコンプレックスの裏返しみたいなところがあったのじゃないかしら。妙にツンケンツンケンなさって、人を見下すような感じがありましたもの。息子さんがいらして、とても可愛《かわい》がっていらっしゃったけど、幼稚園とか、そういうところのお付き合いもあまりなさっていないみたいでしたわね」

「ご主人がずいぶん借金を作って、それで蒸発したとか聞きましたが」

「らしいですわね」

「暴力団がきて、かなり派手にやっていたそうですね？」

「ええ、ドンドン門を叩《たた》いたり、大きな声を出したり、それはもう恐ろしゅうございましたわよ。警察に連絡しても、ちょっと来て注意する程度でしょう。まるで頼りになりませんものね」

竹村は苦笑した。どうも、あちこちで警察の評判はよろしくない。

「畑野さんの奥さんの話だと、結局、この家を売って、借金を返したそうですが」

「だそうですわね。それなら最初からそうなされればよろしいのに。そうしていれば、ご主人だって、あんな目に遭《あ》わずにすんだかもしれませんでしょう」

「まったくですね」

「でも、そう言えるのは第三者だからかもしれませんわね。ご主人にしてみれば、そうそう簡単に手放す気にはなれなかったのでしょう。何しろこのお宅には二十何年来お住みになっていらっしゃるし、前の奥様の思い出だってあることでしょうからねえ」

夫人は感慨深げに、隣家のひっそりとしたたたずまいを眺めた。

「前の奥さんとのあいだには、子供さんはいなかったのですか？」

「ええ、いらっしゃいませんでした。前の奥様は陽気で、水泳教室だとか、合唱の会だとかにもよくお出になってらして、とても人付き合いのいい方でしたのに。やっぱり、なんですわね、お子さまがいらっしゃらないと、ついついああいうことになったりするものでしょうかねえ」

「ああいうことといいますと？」

「あら、ご存じありませんでしたの？　でしたら余計なこと申し上げられませんわね」

「いや、前の奥さんが浮気して蒸発したということだったら、知ってますよ」

「あ、そうでしたの、それならいいのですけれど」

「浮気の相手は誰だったのですか？」

「さあ、存じません。それに、ただの噂話ですから、ほんとにそうなのかどうかも、はっきりしませんのよ。ひょっとすると、悪い男にだまされたのかもしれませんしね。最後はあんなことになってしまって、お気の毒でしたわねえ」

「最後、どうなったのです？」

「あら、亡くなったの、ご存じないんですか？　警察の方なのに……」

夫人は不思議そうに竹村を眺めた。

「亡くなった……というと、どうして死んだのですか？」

「分かりませんけど、失踪《しっそう》なさってから一年ぐらい経って、白骨死体で見つかったのですって」

「白骨死体……またですか」

「ええ、ご主人が捜索願を出してらして、何度か警察から連絡があって、何度目かに奥様の遺体と確認できたみたいですよ」

「そうですか、そうすると、畑野さんという人は不運続きだったというわけですねえ」

「そうでしょうか。その当時は、ツイているなんて陰口をきく人もいらっしゃったみたいですよ」

「ツイてるというと、どうしてですか？」

「なぜって、奥様に掛かっていた保険金が入ったのですもの。それもずいぶんな金額だったそうですわよ。その頃も畑野さんは大学教授の椅子《いす》を買うために、ずいぶんお金を遣って、借金に苦しんでいらしたのですけど、その保険金のお蔭《かげ》で助かったとか、そういう噂でした」

「ほう……」

似たようなケースが重なるものだ——と、竹村は思った。

そう思った時に、また黒い雲のようなものが頭の中を掠《かす》めた。

4

新旧の畑野家の所轄である武蔵野署には、当時の事件を担当した者は誰も残っていなかった。畑野家の夫人が白骨死体で発見されたのは、十七年も昔のことである。

ただ、定年退職者で、その当時、武蔵野署にいたと思われる人物が、ついこの近くに住んでいるというので、竹村は訪ねてみた。

その人物は長島富夫《ながしまとみお》という男で、三年前に隣接する三鷹《みたか》署の防犯課長を務めたのを最後に退職し、そのままこの地に根を下ろしたという。

長島はおそらく退職金で購入したのであろう、ちっぽけながらも一戸建ての家に、老妻と二人だけで住んでいた。小柄だが分厚い胸をしていて、かつての猛者ぶりを思わせる。

竹村が長野からはるばる来たと知ると、長島は労をねぎらって、ビールをご馳走《ちそう》してくれた。

「ああ、あの事件ね」

長島は竹村の説明を聞いて、すぐに畑野雅代《まさよ》の「失踪―自殺」事件を思い出した。

「ちょっと待ってくださいよ」

いったん奥へ引っ込んで、数冊の大学ノートを抱えてきた。驚いたことに、現役の刑事時代に扱った事件をすべて、克明に記録しているのだそうだ。

「ごく若い頃は、ただ上司の言うまま、それこそ使い走りみたいなものでしたが、刑事になってからは、自分の才能を発揮する場面がいくらでもあって、ああ、警察官になってよかったと、そう思えるようになりましたよ。それで、自分だけの警察日記みたいなものをですな、こうやって残そうと思い立ったわけでして」

長島は照れくさそうに、しかし、明らかに誇らしげにノートを広げて見せた。

竹村は自分と同じように、刑事を天職として、使命感に燃えていた先輩と出会えたことが、疲れを忘れるほど嬉《うれ》しかった。

問題の事件があった当時、長島は武蔵野署刑事課の捜査係長を務めていた。「事件」の発端はいまから十八年前の初夏、畑野高秀から妻・雅代の家出人捜索願が出されたことに始まっている。

警察は例によってとおりいっぺんの手続きを行なっただけで、積極的に畑野夫人の足取り捜査をするようなことはしていない。

「まあ、おたくもよくご存じでしょうが、警察のやることは、どこもそんなものですからなあ」

長島は笑いながら言った。

それでも、その後一年間に五件の身元不明人の死体に関して、全国道府県警察から照会があった。ごく事務的な業務であるとはいえ、この辺が日本警察機構の優秀なところである。

畑野はそのつど、現地へ出掛けて行って、死体の確認作業を行なっている。しかし五件については、まったく別人であると断定された。

死後半年も経過すると、大抵は死体のほとんどが白骨化しており、当然のことながら、警察官でも目を背《そむ》けたくなるような凄惨《せいさん》な状態である。いくら愛する妻のためとはいえ、畑野がよく何度も確認作業に協力できたものだと、感心させられる。

身元の確認といっても、死後経過の長い死体の場合、人相はもちろん、身体的特徴がはっきりしないことが多い。男女の区別さえつかないケースもあるほどだ。せいぜい、身長や骨太《ほねぶと》かどうか、大まかな年齢——といったところが判断できる程度である。

そのほかは血液型、歯の治療痕《あと》などが重要な判定材料になる。

携帯品や着衣、装身具などの遺留品があればかなり簡単に身元調査が完結する。

六度目に照会があった死体が畑野雅代のものであった。死体は九州の霧島《きりしま》山系の山奥で、山歩きの青年たちによって発見された。通常のハイキングコースをかなりはずれた森の奥に、ほとんど白骨化した死体が転がっていたというものである。

血液型は手配書によってすでに照合済みだった。推定年齢や失踪時の着衣等が断定の決め手になった。指輪も畑野が結婚記念日に買ってやったものとそっくりだということであった。

死因は縊死《いし》――。

頸骨《けいこつ》はすでに折損していて、頭蓋骨《ずがいこつ》と他《ほか》の部分とはバラバラになって地上に落ちていたが、死体の脇《わき》の木の枝に、先端に輪のあるロープがぶら下がっていた。

遺書等はなかったが、警察は自殺と断定した。

それまでに行なわれた事情聴取などから、雅代が水泳教室で知り合った若い会社員と親密な関係にあったことが分かっていた。

その男が勤め先の会社を辞めて北海道へ行った時期と、雅代の失踪の時期がピタリ一致することから、一時はその男が捜査の対象になったのだが、結局、その男の犯行とする証拠が不十分で、自殺と断定するほかはなかったらしい。

もちろん、畑野高秀も一応は調べられた。妻に浮気された男には、十分な殺人の動機がある。しかし、こっちのほうも証拠となるようなものはなかった。

まもなく事件は、畑野雅代が不倫の恋の清算と、借金に悩む夫への訣別《けつべつ》を目的に自殺を遂げたものとして処理されたのである。

「その借金ですがね」と竹村は言った。「夫人の死によって、畑野氏にはかなり保険金が入ったのではありませんか?」

「そう、そのこともあって、われわれは畑野の身辺を洗ったのだが、結局、何も疑うに足るものは出ずじまいだったということでしょうな。畑野に現場付近の土地鑑があったという証拠もないし、死亡推定の時期には、畑野は学会の仕事やら何やらで、大忙しだったそうですからな」

東京から現地までは、飛行機を利用するなどしても、どうしても一日での往復は無理だ。雅代が死亡したと思われる時期の推定を失踪後、最大限に幅をみて三カ月間と設定しても、その間、畑野が家を留守にしたことはなかった。

「毎日一度は必ず署に顔を出して、奥さんの情報が入っていないかどうか、確認していましたよ」

「はあ……ずいぶん真面目《まじめ》なご亭主だったのですねえ」

竹村は憮然《ぶぜん》として言った。

「いや、そういうわけでもなかったみたいですがね」

長島はノートを閉じながら、苦笑した。

「噂では、畑野は相当な遊び人だったですよ。しかし、あの事件の際に限っていえば、まったく真面目亭主のごとく振る舞っていましたな。まるで、奥さんの死を予測して、その場合に自分が疑われるのはかなわない――とでも考えたような、慎重な行動といっていいでしょうな」

「なるほど、おっしゃるとおりですね」

竹村は長島という人物に端倪《たんげい》すべからざるものを感じた。それに、ノートに記録を残しているとはいえ、十七、八年も昔の出来事をじつによく記憶しているものである。一見、ただの人のいい初老の男としか見えないが、じつは長島はかなり優秀な刑事だったにちがいない。その優秀な刑事がついに諦《あきら》めたというのだから、畑野の「犯罪」は無かったものと思うしかないだろう。

竹村は老先輩に最高度の敬意を表して、長島家をあとにした。

5

夕方近く、上野駅そばのビジネスホテルに入ると、ロビーの椅子《いす》に、ボストンバッグにもたれるようにして眠り込んでいる木下刑事の姿があった。

「おい、いい若い者がみっともないぞ」

竹村は木下の肩を揺すった。木下はガバッと起きて、バッグを抱えると油断のない目で竹村を睨《にら》んだ。

「なんだ、警部ですか」

「ばか、かっぱらいだとでも思ったのか」

「はあ、東京は物騒《ぶっそう》だと聞いていますから」

「だったら居眠りなんかするなよ。それでも一応、刑事なんだろ」

「刑事だって眠い時は眠りますよ」

「だったら部屋に入って眠ればいいじゃないか」

「しかし、フロントで警部の名前を言っても、知らないというのです。まだ申し込んでいないんじゃないですか？」

「そうだよ、なんだ、それじゃチェックインもしてないのか」

「だって、そういうの、自分はどうすればいいのか知りませんからね」

「やれやれ、これが長野県警が誇る若手刑事というやつかよ」

竹村は呆《あき》れ返ってみせてから、フロントへ向かった。

ツインの部屋が一つだけ空いていた。「同室か……」と竹村は一応、不満そうにつぶやいたが、ほんとうはそれでよかったのである。無けなしの予算では、シングルを二つ取るほどの余裕はない。

「吉チョーから何か連絡が入っていないか、本部に電話してみてくれ」

部屋に入るとすぐ、竹村は木下に命じた。自分で電話すると、またぞろ細田署長に摑まりそうだ。

「吉井部長さんからの連絡は入っているそうです」

木下は振り向いて言った。

「誰が出ている？」

「横山警部補です」

「署長はどうだ？　その辺りにいそうか？」

「いえ、お留守のようです」

「よし、代わろう」

竹村は受話器をひったくった。

「竹村だけど、連絡の内容を言ってくれ」

「ええと、それではメモを読み上げます。『小舟は常時、河口付近に係留《けいりゅう》されている』『五月十六日当日に小舟を使用した者がいたかどうか、目下調査中』以上です。それから、警部の泊まられるホテルの電話番号を教えておきましたので、おっつけ、そちらにも連絡がいくと思います」

横山が言ったとおり、吉井からの電話はまもなく入った。

「あの小舟は、地元の人間が投網を打ったり、夜釣りをしたりする時などに使用するのだそうです。何しろ小っぽけな舟ですから、危なくて海には出られないし、あそこは河口からちょっと入ると、すぐ堰堤《えんてい》になっているので上流に溯《さかのぼ》ることも不可能です。ごく限定された場所でしか使いものになりません。そんなわけで、地元の人間もあまり利用していないという話でした」

「地元の人間以外の者が使用したかどうか、その点はどうかね」

「はあ、その点ですが、民宿経営者の中に、もしかするとその人ではないかという心当たりがあるという者がおりまして、これからそこへ行ってみようと思っています」

「それだけかね？」

「はあ、その小舟のことについては、現在までのところそんなものです。ただ、これは小舟の話とは関係ないのですが、民宿の一つで、ちょっと耳寄りな話を聞きました」

「どういう話だい？」

「警部が言われた五月十六日に、その民宿に泊まった客の一人が、その夜、どこかへ出掛けたきり、いまだに行方不明になっているのだそうです」

「行方不明？　それで、警察には連絡したのかい？」

「ええ、したそうです」

「どこの人？　その行方不明者は」

「東京の会社社長だそうです。数日前から一人で民宿に泊まっていたということです。その件について、何かさらに調べるほうがよければ、そうしますが」

「そうだな……」

竹村は少し考えてから、言った。

「会社社長が民宿なんかに泊まるというのは、ちょっと妙な感じがするが」

「はあ、あとで警察が調べたところでは、なんでも借金で首が回らなくて、暴力団の取り立て屋から逃げていたらしいのですね。そんなわけで、民宿に泊まるのがやっとだったのかもしれないし、それとも、ホテルや旅館だと、足取りを追い掛けられると心配したのかもしれません」

「なるほどねえ……」

相槌《あいづち》を打ちながら、竹村は似たような話があるものだ——と思った。最初は漠然と思ったことだが、しだいに重く大きく気になってきた。頭の中の黒い雲が、ぐんぐん広がってゆくような気分だった。

「その男の住所、教えてくれ。こっちにいるついでに、ちょっと調べてみよう」

竹村は「会社社長」の住所と電話番号をメモした。

「吉チョーと矢野君には、ご苦労だが、さっきの小舟を使ったと思われる人物の素性を聞き出すことと、当日の民宿の客をひととおり洗い出してもらいたい」

竹村はそう言って電話を切ったが、受話器を持ち替えて、田尻風見子の家の番号をダイヤルした。

「あら、警部さん、まだ東京にいらしたんですか？」

風見子は嬉しそうな声を出した。

「捜査のほうはどうなりました？　犯人のメドはつきました？」

「いや、そう簡単にはいきませんよ」

竹村は笑った。

「そうそう、田尻さんはこのあいだ、良寛さんの研究の話をしてくれましたよね」

「ええ、まだほんのちょっとかじっただけでしたけど」

「その中で、良寛の親父《おやじ》さんの以南とかいう人が、京都の桂川に身を投げて自殺したという話がありました」

「ええ」

「その自殺ですがね、自殺の動機は何だったのですか？」

「遺書に、何か勤皇の精神を盛り込んだような歌が書いてあったので、歴史家の中には、思想的に絶望したためだ——とか言う人もいるそうですけど、実際は借金に追われて死んだという説が圧倒的に多いみたいです」

「それで、たしか死体が上がらなかったとかいうことではなかったですか?」

「そうなんです。ですから、あれは狂言自殺で、じつは以南はどこか、たぶん高野山あたりに隠遁《いんとん》したのじゃないかとか、そういう噂もあったみたいなんです」

「そうすると、狂言自殺説というのは、良寛のことをちょっとでも勉強した人なら、大抵の人が知っていると思っていいですか?」

「だと思いますけど、ただし、信じるか信じないかは人によりけりでしょうけどね。警部さんなんかだと、きっと狂言だと思うんでしょう?」

「まあそうですね。しかし、地元の人なんかは、逆にそういうふうには考えたくないものでしょうね」

「でしょうね。とにかく良寛さまのこととなると、何でも美化してしまいたがるみたいですからね」

「ははは、なかなか辛辣《しんらつ》ですね」

竹村は笑いながら礼を言って、電話を切った。

「狂言自殺か……」

ぼんやり呟《つぶや》いた。

「狂言自殺がどうかしたのですか？」

木下が心配そうに竹村の顔をみつめた。

「いや、畑野という男は借金で首が回らないどころか、殺されそうな、切羽詰まった状態だったそうだ。いっそ死んでしまいたいくらいだったろう。死ねば膨大な保険金が入ってくるしね。しかし、死ななくてすめば、それに越したことはない。死んでしまっては、折角の保険金だって、遣えないしねえ」

「そんなこと言って……畑野氏は死んでしまったのですよ」

「ほんとにそうなのかな？　畑野は死んだのかな？」

「驚いたなあ……警部、大丈夫ですか？　畑野氏は、野尻湖で白骨死体となって発見されているんですよ」

「あれが畑野氏であるかどうか、それが問題なのだ」

「だって警部、あの死体はきわめて特徴的で、身元の確認だって、容易にできたじゃないですか」

「特徴というのは、つまり肋骨《ろっこつ》を何本だか切除してあったということだろう。しかし、そういう手術をした人間なんて、大勢いたかもしれないじゃないか。ことに畑野氏が青春時代を過ごした、昭和二十年代から三十年代にかけては、肺結核は不治の病といわれ、胸部手術は少なくなかったという話を聞いたことがある。その後遺症が出て、最近になってたくさんの人が死ぬのだそうだ」

「つまり、警部は、野尻湖の白骨死体は畑野氏ではないというのですか？」

「分からない。分からないが、その可能性だってあるということだ。ことに頭蓋骨が無かったことは、身元の確認上、かなり問題があるところだったのだからね」

「あの死体が畑野氏でないとすると、どういうことになるのですか？　第一、あれは誰の遺体だということですか？」

「それも分からないが、しかし、肺結核の手術の痕《あと》だけで、身元を確認してしまったというのは、いささか軽率すぎたような気がしてならないのだ」

　言いながら、竹村ははっきりと疑惑の正体を見たと思った。

「そうだ、あの下腿骨《かたいこつ》にあった弾痕《だんこん》だよ。あれについては、畑野夫人は何も思い当たるものがないと言っていたそうだが、それじゃいったいいつ、どこで、畑野氏はそういう弾丸を受けたのだい？」

「あの年代の人なら、戦争に行ってきたのかもしれないじゃないですか」

「ほんとうにそうかな、それと、畑野氏がどこであの手術を受けたのかも問題かもしれない。よし、これで明日の捜査方針は立った。おい、居眠りなんかしないように、今夜はたっぷり寝ておけよ」

竹村はそう言いながら、眠れないのは自分のほうかもしれない——と思っていた。

6

翌日は一瀉千里《いっしゃせんり》に聞き込み捜査を進めた。畑野の勤務先である大学、武蔵野市役所、畑野の同僚や友人・知人関係……。

これらを木下刑事と手分けして当たることにした。また、吉井が言っていた、寺泊の民宿から消えた会社社長の自宅や会社にも行かなければならない。この分は竹村が受け持つことになった。

一方、新潟に行っている吉井、矢野の両刑事には、与板の畑野の実家を訪ねるように指示している。

「畑野高秀に兵役や戦傷の経歴があるかどうかを確認するように」

「あ、つまり、脛《すね》の傷のことですね？」

吉井はすぐに納得した。

寺泊で消えた会社社長は「社長」といっても、従業員が二十人に満たない、町工場の社長であった。

工場は東京の下町、足立《あだち》区のゼロメートル地帯と呼ばれる一角にあった。「谷永《たになが》電器株式会社」という看板が出ているコンクリート三階建てのビルで、景気のいい時には、かなり羽振りがよかったことを思わせる。

「谷永」というのは社長の名前で、文字どおり個人企業といっていい。

社長は消えても、工場は細々と動いているらしい。機械の音や薬品の臭《にお》いなどが、どっこい生きている……という雰囲気を醸《かも》し出していて、それがともかくも救いであった。

「専務」と名乗る、初老の男が応対に出た。

社長の行方については何も知らないし、ほとほと困り抜いている……という泣き言ばかりを聞くことになった。

専務の話によると、谷永電器はずっと、大手の電器メーカーの下請け工場として順調にやってきたのだが、お定まりの円高不況のあおりを食らって、たちまち社運が傾き、借金苦に見舞われることになってしまった。

資金繰りのために高利の融資を受けたのが致命傷となって、もはや会社は解散、家族は一家心中か——というような事態に立ちいたっているという。

そして社長の蒸発である。

専務が口を開くたびに、愚痴《ぐち》がポロポロと吐き出された。さすがの竹村も遣《や》り切れなくなった。

「谷永社長さんは保険に入っていたのじゃありませんか?」

単刀直入に訊いた。

「はい、それはまあ、会社役員としてですね、それなりのことはしておりましたが」

専務は脅《おび》えたように言った。どうやら、そのことはすでに警察に何度も訊かれているらしい。

「生命保険に加入したのはいつです?」

「はあ……それがその、二カ月ほど前のことでして……」

言葉に力がない。

「二カ月前……というと、会社がすでに傾いてしまった時期ですね。保険料もばかにならないでしょうに、突然、加入するというのは、おかしな話ですねえ」

竹村の疑問に対して、専務はしきりに額の汗を拭《ぬぐ》うばかりである。

「自宅のほうはどうなのでしょう？　やはり保険に加入しているのですか？」

「さあ、どうでしょうか、自宅のことはあちらでお訊きになってください」

専務はばか丁寧に頭を下げて、このいやな客が、一刻も早く立ち去ってくれることを祈ってでもいるかのようだ。

竹村はやむなく谷永家へ向かった。会社からそう遠くないマンションに谷永の自宅はあった。

チャイムを鳴らしても、なかなか応答がなかった。ドアの向う側には人の気配が感じられるから、おそらくこっちの素性を探っているのだろう。ここも畑野家と同じで、暴力団の脅しを受けているのかもしれない。

竹村は手帳を取り出して、ドアの真中にある魚眼レンズに示しながら、「警察の者ですが」と名乗った。

ドアが開いて、初老の女性が顔を見せた。それが谷永夫人であった。

夫人は竹村を応接室に通して、紅茶をいれてくれた。この辺が大学教授夫人である畑野恭子とは違うところかもしれない。

しかし、夫人の憔悴《しょうすい》した顔としばらく向き合っているうちに、竹村はつくづく（似ている……）と思った。絶望的な状況に対して、心身ともに憔悴しきっている反面、こちらを睨む眼には、生命への執着といってもいいような、はげしく燃えるものがあって、それが、畑野恭子のそれとそっくりだったのだ。

考えてみると、谷永の蒸発に至る経緯も、畑野のそれと似通っていた。これで社長が死体で発見されるようなことになれば、まるで畑野の事件のコピーではないか。

案の定、自宅でも谷永は急遽《きゅうきょ》、保険の加入を何口か増やしていた。

「そのことは奥さんもご存じでしたか？」

「いいえ、私が知りましたのは、主人がいなくなった後です」

谷永夫人は表情をこわばらせて、答えた。

「たいへん訊きにくいことですが、ご主人が蒸発した理由は、その保険金が目当てだとは思いませんか？」

「…………」

夫人は唇を震わせたが、答えない。

「私がこういうのは、はっきりいって、ご主人はご自分の命を捨てて、会社やご家族を救おうとしているのではないか、ということなのです」

「それは、主人が自殺でもして、保険金を取ろうとしているという意味ですか？」

夫人は掠《かす》れた声で言った。

「そうです、そうは思いませんか？」

「それでしたら違うと思います。なぜかというと、生命保険は自殺の場合には契約して一年経たないと支払われないのだそうですから」

「あ……」

竹村は愕然《がくぜん》とした。そうなのだ。生命保険金は、自殺に対しては非常にきびしい制約を定めている。そのことをうっかりしていた。

「これは失礼なことを言いました」

竹村は頭を下げた。しかし、頭を下げながらも、竹村の脳裏には閃《ひらめ》くものがあった。

（そうだ、野尻湖の死体に頭蓋骨が無かったのは、身元を隠す目的ばかりではなかったのかもしれない――）

あの死体に頭蓋骨があれば、当然自殺のセンも考えられたはずだ。ことに、借金に追われていた畑野の事情を考えると、さらに自殺の可能性が強まったにちがいない。

頭蓋骨が欠けていたことによって、少なくとも死体遺棄に関しては、第三者の存在が証明されたのであって、つまりは他殺と断定する根拠ともなったわけだ。

それに、竹村の乏しい知識でも、たしか事故死および他殺による死亡には、通常の場合よりも何倍かの、高い保険金が支払われることになっているはずだ。

（それがねらいか？——）

竹村にとって、谷永社長の事件は、どうやら思わぬ収穫をもたらしたらしい。

7

竹村は暗くなるまで動き回って、ホテルに帰った。木下もほぼ同時に引き上げてきた。

収穫は期待していたほどのものはなかった。畑野の評判は大学や知人関係者の中でもあまり芳《かんば》しくなく、借金苦で破滅的状況にあったことについても、総じて冷やかな見方しかしていなかったようだ。

H大学の定年は六十五歳だが、貢献度によっては延長され、あるいは名誉教授の椅子も与えられることになっている。しかし、畑野の場合にはそういった特別待遇に浴すチャンスはまったく無かっただろうという話だ。

同僚、知人で「友人」と呼べるような親しい間柄の者はほとんどなく、むしろギャンブルやダーティーな遊びの仲間のほうが多いのではないか、などと、かなり辛辣なことを言う者もいた。もっとも、そういう仲間とはまったく接触できなかったので、真偽のほどは定かではないのだが——。

二人の刑事が遅い夕食を共にしているところに、吉井の報告が入った。それによると、畑野には兵役の経歴は無いということだ。

したがって脛——下腿骨に見られた弾痕は戦争によってできた傷というわけではないらしい。それ以外にも、畑野がどこかで銃撃を受けたというような話は、家人は誰も聞いたことがないという。

「これは問題だな」

竹村は電話のこっちで、唸《うな》った。

幸か不幸か、竹村自身は野尻湖の死体身元確認作業にはタッチしなかった。それにしてもその際、どうして下腿骨の弾痕について深く追及しなかったのか——理解に苦しむ。警察の仕事はきわめて緻密《ちみつ》のように見えて、その実、こんな具合にかなり杜撰《ずさん》な面が少なくないのだ。

最近も愛知県警管内で浮浪者が死んだ際、千葉県から出されていた手配書によって身元を確定したところ、葬式まで出してから何カ月かたって本人が出頭したという、笑うに笑えないような事実があった。

ことによると、畑野には誰にも知られていない古傷があったのかもしれない。しかし、それはそれとして、疑わしいものはすべてクリアーにしておくべきだったのだ。

恐らく、あの場合の身元確認は、胸部の手術痕と、畑野夫人・恭子の証言によるものであったにちがいない。竹村自身が調べたわけではないが、遺体の周辺から発見されたなにがしかの遺留品について、恭子は「間違いなく主人の物です」と言っていたそうだ。

その程度の材料が揃《そろ》えば、警察は大抵の場合、作業完了のサインを出してしまう。少なくとも、発見された骨に関するかぎり、犯罪の手段を証明できるような材料は何も認められなかったのだ。

もし打撲痕など、死因を想像させるような痕跡があるとすれば、それは現場からはついに発見されなかった頭蓋骨に印されているにちがいない。つまりは、現場にあった白骨には、そういった証拠材料は何も存在しないと考えられたのである。そのことも、安易な処理を行なわせた一因になっている。

下腿骨の傷は完全に治癒したもので、おそらく三、四十年は経過しているものと推量された。もちろん、今回の事件にはまったく無関係である。妻の恭子がそれを知らなかったのも、当然のことといえた。

ところで、畑野高秀の身元確認の端緒《たんちょ》となった肋骨の切除手術の痕についてであるが、いまから三十年前、畑野の胸部疾患に対する手術を行なったのは、新潟県の北部にある「S」という有名な温泉地の一角にある公立病院である。

警察から、野尻湖で発掘された人骨に関する手配書が配布されてきた時、その病院の事務局長の篠原清司《しのはらせいじ》という男が「もしや」と思って警察に届け出た。

篠原事務局長も新潟県出身で、畑野が手術をした三十年前当時には、篠原は事務局で入院患者のデータを整理する業務に従事していた。

三十年前当時のカルテ類はすでに処分されており、手術を担当した外科医も死亡しているのだが、畑野高秀は手術を行なった後も、何度かこの病院に入院している。胸部疾患のリハビリをしたこともあるし、単なるドック入りだったこともある。

そのつど、篠原は畑野と会っている。中央の大学教授である畑野は、いわば新潟県の誇りでもあり、病院にとってはVIPに属するわけだ。とくに、五合庵のある分水町の出である篠原にとっては、良寛の研究者としての畑野は尊敬することはもちろん、親しみやすく、話の合う相手でもあった。

畑野が行方不明になったという事実も、恭子夫人からの連絡で篠原は知っていた。篠原が警察の調査に敏感に反応したのも、つまりはそういったもろもろの事由《じゆう》によるものである。

「それとですね、もっと驚くべきことを聞き込みました。実は畑野氏が入院していたS病院なのですが、最初の入院以来、畑野氏がずうっとこの病院を気に入っていた理由なんですがね」

吉井は、電話の向う側で秘密めいた話をするような口調になって、言った。

「じつは、畑野氏の現在の奥さんは、この病院で看護婦をやっていた女性なのだそうですよ」

「なんだって？……」

竹村は啞然《あぜん》とした。

「それはほんとか？」

「ええ、実家の連中は何も言わなかったのですがね、病院で最古参の婦長さんからそういう話を聞きました」

吉井の話によると、婦長はごくさり気なく、「せっかくいいところにお嫁に行けたのに、恭子さんも気の毒なことをしましたねえ」と言ったのだそうである。その言葉がきっかけとなって、思いもよらないような事実が明らかになったというわけだ。

竹村はわけの分からない興奮に突き上げられるような気分だった。

「よし、私もこれからそっちへ向かう」

時刻は午後八時を回っていた。上越新幹線の最終便が何時か知らないが、竹村は電話を切って、木下に東京での調査を継続するように言い残すと、大急ぎで上野駅に走った。

上野から新潟まで三百三十キロ余り、所要時間は約二時間、いつもはこのスピードが腹立たしい。なぜなら、上野から長野までの二百二十キロばかりに、約三時間もかかるのと比較するからである。群馬、新潟にはあいついで三人の首相が生まれた。そして大清水トンネルの難所も何のその、あっというまに新幹線と高速道路を貫通させてしまったというわけだ。

対するに長野、富山にはそういった政治の恩恵というのが、ほとんど及んでいない。こういう現実を見ると、竹村のように警察大好きの警察官ですら、ひょっとすると、世の中すべて力なのではないか——無法も法の内なのではないか——などと思えてくる。

人間が本質的に悪だとは、竹村はどうしても思いたくない。しかし、いくら努力しても、まともにやっていてはどうにもならなくて、あこぎなことをやる者が繁栄するのが現実だ。そういう事実を何度も見せつけられていると、ごくふつうの市民が、ふとしたはずみで悪の道に踏み入りたくなるかもしれない。そうやって犯罪を犯したとしても、どうしてその者だけを責めることができようか。

新幹線は関東平野の闇《やみ》を横切って、大清水トンネルに突入した。

竹村は目を閉じて、車体を震わせる空気の振動を聞きながら、事件の全貌を振り返ってみた。

事件は野尻湖での発掘作業現場から、人骨が発見されたことに端を発している。

人骨には頭蓋骨がなかった。そのこと自体には、身元を隠す意志のあることが感じられる。

しかし、一方では、定期的に発掘作業が行なわれる野尻湖に死体を捨てたことに、死体発見を期待する意志のあることを思わせるのである。

この二つの矛盾する事実から、竹村はおぼろげながら、一つの結論をイメージしていた。それは、野尻湖の白骨死体は畑野高秀のものではない――という推理だ。

おそらく、こんなことを言い出すと、細田署長あたりは目を白黒させ、鼻の頭を真っ赤にして憤《おこ》りだすだろう。

「いまさらそんなことを言ってもらっちゃ困るよ、きみィ」

そういう細田の声が聞こえてきそうだ。

とはいえ、あの死体を畑野でないとする、竹村の推理にも、明確な根拠などあるわけではなかった。わずかに、下腿骨にある弾痕らしきものが、畑野にあった形跡がない――という程度のものだが、はたしてほんとうに畑野にはそういうものが無かったかどうか、竹村にも確信はないのだ。

新潟には十一時少し前に着いた。駅前には吉井と矢野が車で迎えに出てくれていた。

「その後、さらに興味ぶかい事実が発見されました」

吉井はこの男にしては珍しく、はしゃいだ声を出した。

「昨日、警部にもお話しした、寺泊の民宿の宿泊客の中に、たまたまその病院の連中がいたのです。もしかすると、その連中に警部が言われた五月十六日のことも聞けるかもしれません」

「ほう、そいつは奇遇というべきだねえ」

竹村はなんだか偶然つづきで、薄気味が悪いくらいだった。

8

その晩は新潟市内の旅館に泊まって、翌朝、竹村は二人の部下と共に北へ向かった。

車は矢野刑事のマイカーで、矢野が運転した。

竹村は明け方まで眠りそびれたのが祟《たた》って、車の中で転《うた》た寝《ね》をした。木下を叱《しか》りつける資格などないほど、グッスリと眠った。

新潟県のほぼ最北端に近い海岸に「S」温泉はある。ここの温泉は、明治の末に石油のボーリングをやっていて、偶然、掘り当てたものである。

この温泉は、湯量が豊富なことと、海岸に面していて風光明媚《めいび》なこと、食べ物が旨《うま》いことなどに加えて、越後美人のサービスが自慢なのだそうだ。

公立病院は、S温泉の温泉街からかなり内陸に入った山陰に、ひっそりと建っていた。

午後になれば太陽が回って、こちら側の斜面も明るくなるだろうけれど、病院の背後にある山肌は緑の色も重く、どことなく病的な感じがする。

病院はかつては白亜の瀟洒《しょうしゃ》な建物だったにちがいない。しかし、いまは壁の色もすっかりくすんでしまって、古い結核療養所はたぶんこういう佇まいではなかったか――と思わせるような、陰鬱な雰囲気であった。

病院なのだから当然なのかもしれないが、敷地のどこからも、物音ひとつ聞こえてこない。むしろ日本海の遠い潮騒《しおさい》や、時折、木々の梢《こずえ》が風に歌うのが聞こえてくる。

車が砂利を踏んで、玄関に横づけされると、中から看護婦が出てきた。ほっぺたの赤い、まだ幼さの残る顔である。

患者の到着と思ったらしく、竹村が手帳を示すと、正直にあてが外れた表情を見せた。

「篠原さん、いますか？」

竹村が言うと、黙って頷いて引っ込んだ。

代わって長身の男が現れた。年齢は四十代半ばか、すでに五十歳を越えたか……といった印象だったのだが、実際の年齢を聞くと、五十六歳だという。

「いやあ、若く見られましてねえ、貫禄《かんろく》がないというか、どうも男は実際の年齢より若く見られるのは、あまり嬉しいものではありませんなあ」

応接室に案内してから、篠原事務局長はそう言って笑った。

「われわれは野尻湖の白骨死体事件を捜査している者ですが、最初に白骨死体が畑野高秀さんの遺体ではないかと連絡してくれたのは、篠原さんなのだそうですね」

「はあ、まあそのようなことですが、しかしお役に立ってさいわいでした。と申しましても、あの畑野先生が亡くなった……しかも殺されなさったというのは、まことに辛《つら》いことでありますが……」

篠原は沈んだ口調で言った。

まったく表情の豊かな男だ。話している内容によって、さまざまな表情を見せる。それは、気持ちの表現が豊かなのとは少し違うらしい。むしろ逆に、自分の内面を悟られないためにオーバーな演技をしているように、竹村には思えた。

（油断のできない男だ――）

そう思った。

「ところで、畑野さんには脛の骨に弾痕があったかどうか、記憶はありませんか？」

「弾痕ですか？　脛……というと下腿部ですな。さあ、弾痕があったかどうかは知りません。しかし、時折ふくらはぎのところを掻《か》いておられるのを見たことがあります。いつも同じところでしたので、虫に刺されたにしてはおかしいなと思った記憶があります」

「それが古傷だったと、そういうことですか？」

「さあ、その点はどうも、はっきりしませんが……おっしゃるのは、野尻湖の白骨死体にはそういう傷があったということでしょうか？」

「そうです。ところが、いままでのところでは、畑野さんがそういう傷を受けるような、つまり、銃弾を受けたという事実は浮かんできていないのです」

「なるほど、だとすると、あの白骨は、もしかすると畑野先生ではないのかもしれないわけですね。それは奥さんが聞いたら、さぞかし喜ばれるでしょうなあ」

「そうそう……」

竹村はふいに思いついたような思い入れを見せて、言った。

「その畑野夫人ですが、この病院で看護婦さんをやっていたのだそうですね？」

「ええそうです。気立てのいい娘さんでしてね。畑野先生ばかりではなく、入院患者さんたちに好かれる女性でしたが、畑野先生の奥様が亡くなられたあと、しばらくして、ぜひにと懇望されて、先生の奥さんになられたのです。まあ、ちょっとしたシンデレラ物語といったところで、彼女……奥さんに失恋した男どもは少なくなかったと思いますよ。しかし……こんなことになるとは、世の中、まさに塞翁《さいおう》が馬《うま》ですなあ……」

そう言ったあとで、篠原はしきりに首をひねってから言った。

「しかし刑事さん、待ってくださいよ。もしその死体が畑野先生でないとすると、畑野先生はどうなってしまわれたのですか？」

「いや、それは分かりません。というより、野尻湖の死体がそうではないという証拠もはっきりしないわけですからね」

「あ、そうなのですか……」

なあんだ——と言わんばかりに、篠原は眉をひそめた。

「それじゃきっと、そのご遺体は畑野先生に間違いありませんよ。でなければ、こんなにいつまでも姿を隠していられるような先生ではありませんからね」

「あるいはそうかもしれません」

竹村もあまり逆らわずに頷いた。

「ところで、この病院ですが、ずいぶん静かですね」

「ああ、うちは小児科がないですからね。それに、お年寄が多いせいで、どうしてもひっそりとしてしまうのです。ほんとうは、もう少し活気があってくれたほうが、なんとなく生命力が感じられていいのですがね」

近頃は回復不可能な最期をみとる、ホスピスとかいうものが出来ているというけれど、この病院もそれに属するものなのかもしれない。そういえば、老人たちばかりでなく、五十歳ぐらいの人でも、廊下で出会う患者たちは、いずれも生気のない顔をしている。

「何日か前、寺泊の民宿にここの病院の人たちのグループが宿泊したそうですが、篠原さんはご存じですか?」

「ああ、知ってますよ。事務局の人間の半分と、手空《てす》きの看護婦たちのグループで、二泊三日の合宿をやったのです」

「合宿ですか？」

「いえ、合宿といっても、ほとんどは静養――早くいえば遊びですがね。でもそうでも言わないと休みにくいでしょう」

「なるほど。ところで、その日の夜、民宿に泊まっていた東京の会社社長が行方不明になってしまったのですが、そのことはご存じでしたか？」

「いや、知りませんよ。へえーっ、そういうことがあったのですか。それで、その社長さんはどうなったのですか？」

「いまだに行方不明です」

「はあ……」

篠原は不得要領な顔をした。

「ではこれで失礼します。また何かあるかもしれませんので、その時はよろしく」

竹村は挨拶をして立ち上がった。

「そうですか、お帰りですか」

篠原も立って、玄関まで送ってきた。

別れ際に小さな声で、訊いた。

「あの、畑野先生の奥さんやお子さんはお元気でしたか？」

「ええ、元気は元気ですが、かなり参っている様子でしたね。ちっぽけな借家に住んでいますよ。いまはもう、息子さんだけが生き甲斐だとか言ってました」

「そうですか、お気の毒ですなあ……もしお会いになるようなことがあれば、こちらにも遊びにみえるようお伝えください」

篠原はふかぶかとお辞儀をして、三人の刑事を見送った。

病院の門を出外れるところで車を停め、振り返ると、なんだか、浮世とは無縁の世界がそこにあるのだ——という印象がした。おそらく、入院患者の半分近くは回復の望み少ない人々で、じっと死の訪れを待っているにちがいない。

そう思って見るせいか、ねずみ色にくすんだコンクリート壁の建物が、まるで悲しみの館《やかた》のようでもあった。

玄関の上に張り出した庇《ひさし》が事務局のテラスになっていて、篠原がこっちを向いて立っている。

竹村は窓を開けると、篠原に向かって手を振った。

篠原もそれに応《こた》えて、大きく手を振る。竹村はその時、なぜともなく、べつの風景を思い浮かべていた。野村良樹のフィルムに写っていた、新信濃川河口の風景である。日本海に傾いた太陽に、二艘《そう》の小舟がたゆとうている、美しい風景である。

第五章　悪魔のような女

1

新潟—東京への出張から戻った竹村は、しばらくのあいだ、うわべだけはおとなしくしていた。自宅と捜査本部のある長野中央署のあいだを往復するか、せいぜい野尻湖を眺めに行く程度の行動範囲である。

捜査本部長の細田署長は、自分の威令が少しもとどかない竹村捜査主任に対して、かなり腹を立てているらしい。竹村は県警本部の捜査一課長に呼ばれて「気をつけてくれ」と釘《くぎ》を刺された。

「細田署長は刑事部長と親しい人だからね、あまりやりすぎると、きみの将来によくない結果をもたらすよ」

竹村は不満であった。主任警部だろうが何だろうが、捜査本部の一員である以上、事件解決のために飛び回ってどこが悪いのか、竹村にはそういうところが、どうにも理解できない。

「部下を掌握し活用するのが主任捜査官の役割というものだ」

課長はそう言うが、部下に任せておけない場合だってあるのだ。いや、自分の足で動き回り、自分の鼻でかいでみなければ、発掘できない事実があると竹村は信じている。

もちろん、部下の能力や警察の組織力を、ぜんぜん信用しないわけではないけれど、捜査は人間のやることである。いくら科学警察といい、コンピューターが発達したからといっても、機械にインプットするのは人間の仕事ではないか。機械に「臭《にお》いを嗅《か》げ」と言ったって、あるいは人情の機微の襞《ひだ》のような部分を感得しろと言ったって、所詮《しょせん》は無理な話だ。

事情聴取ひとつにしたって、訊問《じんもん》のテクニックは同じ教科書によって学んだとしても、その運用には個人差がある。それは勤勉さだとか熱意だとかいったものだけではどうにもならない部分だ。

「はあ……」

第六感、直感、ファーストインプレッション——などという、そういう、どうにも説明しようのない、研ぎ澄まされたような感応力こそが、優れた捜査員の条件である。

ところが、データ至上主義の近代警察においては、そういう個人技はあまり歓迎されない。むしろ、捜査員の暴走を招くものとして、排斥される。昔ふうの勘にものをいわせるような刑事は、むしろ危険人物扱いだ。

と、まあ、こんなふうにボヤいてみても、警察という巨大組織に身を置いている以上、私立探偵みたいな勝手気儘《きまま》はゆるされるものではない。

というわけで、竹村は野良犬のような出張捜査をやってきた分、こんどは従順な飼い犬の顔を装わなければならないというわけである。

竹村の自宅は官舎で、国道十八号線沿いにある。車なら、家を出てほんの数分で中央署だし、その前を通過して小一時間も行くと、問題の野尻湖へつづく道だ。

竹村は毎日、そのコースを通いながら、ふと、この道はむかし、小林一茶が通り、良寛が通った道なんだな——と思うことがある。現在の十八号線は正確にではないけれど、むかしの北国街道をなぞるように、あるいは絡みあうようにして、南から北へと向かっている。

北国街道は、むろん江戸と越後をつなぐ重要な街道ではあったけれど、同時に善光寺詣での往還でもあった。したがって、その当時もかなりの賑わいがあったにちがいない。

とはいっても、現在の過密な交通ラッシュに較《くら》べれば、千曲川《ちくま》のほとりをゆく野末の道は、さぞ寂しかったことだろう。

その道を僧形の老人がトボトボとゆく。饅頭笠《まんじゅうがさ》を被《かぶ》り、振り分け荷物を肩に、埃《ほこり》にまみれた墨染の衣の裾《すそ》を風にはためかせながら、ひたすら郷里への道を辿《たど》り、あるいは京都へと急ぐ――。なんとも哀《かな》しげな風景ではある。

僧形はもちろん良寛であるはずだが、奇妙なことに、竹村の心象風景の中では、それが小林一茶であったり、良寛の父・山本以南であったりする。

その時代の旅は現代の感覚からすると、気の遠くなるような悠長なものだったろう。伊勢《いせ》詣でに出掛ける旅発《だ》ちの朝、家族の者たちと水杯を交わしたというのは、あながちオーバーな表現ではないのだ。

「人生は旅」というのは、そういう時代背景があってこそ、実感として頷《うなず》ける。いまの世の中、旅行が人生の一部だなどと大袈裟《おおげさ》に考える人間はほとんどいないにちがいない。現代の旅行は、ほんの一瞬の間の「移動」にすぎないのだ。

芭蕉がそうであったように、旅に出るということは、旅先で死ぬかもしれないという覚悟をしてかからなければならない、大事業でもあったのだ。逃散《ちょうさん》だとか夜逃げだとか、過酷な政治や借金取りから逃れるすべは、その頃《ころ》はいくらでもあった。国境を二つか三つ越えてしまえば、もはや死んだも同然だったろう。

現代はそうはいかない。情報の網の目は日本中どころか世界中を覆っていて、天《あめ》が下に身を隠すすべもない。

たとえ本人がうまく蒸発できたとしても、債務は彼の家族や会社を容赦なく責め立てる。以南が京都の桂川に身を投げたように、本人一人が死ねば、それですむというわけのものではないのである。

だが、唯一、死をもってすれば債務を支払うことが可能な方法がある。それが生命保険金の詐取であることは、いまではほんの常識でしかなくなってしまった。

ここ数年、保険金を受け取る目的で殺人を犯す事例が急増している。しかも、その金額がきわめて大きいことにも驚かされる。

中にはフィリピンなど、外国へ連れ出して殺害するという、悪質なものもある。

野尻湖で白骨死体となって発見された畑野高秀といい、それ以前に霧島山系で死んでいた彼の妻・雅代の場合といい、いずれも保険金の絡む変死事件である可能性が強い。

委託殺人——。

竹村でなくとも、そういう想像でそれらの事件を見たくなるのは当然のことだ。

しかし、保険金目的の委託殺人を、「殺される」当人が仕組むというのは、どうにも考えにくい。

ことに畑野高秀のように、したたかな人生を送っている人物が、自殺行為をするはずがない、と竹村は思う。

畑野は妻を受け取り人にした生命保険に、自ら加入しているのである。しかも、失《しっ》踪《そう》するまでの数カ月間の保険料も、ちゃんと支払われている。

失踪してから——おそらくその時点で畑野は殺されていたのだが——の保険料は、妻の恭子が払っているけれど、それまでは畑野自身の意志によって保険加入が行なわれ、保険料が支払われたと考えるしかない。

そして、恭子はひたすら、畑野の死によって手に入れることができる保険金を目当てに、苦しい家計の中から高額の保険料を払いつづけ、あげくの果てには家屋敷を売って、借金を返済しながら、さらに保険料だけは律儀に払ってきたのだ。

なんとも壮絶な女の執念だが、ついに、彼女の期待どおり、夫の死は確認され、何億ともいわれる保険金が手に入る。もし、もう二年早く、死体が発見されていれば、三鷹の邸《やしき》を手放す必要すらなかったにちがいない。

死んだ畑野は、よほどあの邸に愛着を抱いていたらしい。借金を返済するということだけなら、あの邸を売りさえすれば、十分、こと足りていたはずだ。それにもかかわらず、しかも、再三にわたる暴力団の脅しにも屈せず、ついに家を売らなかったのは、畑野のあの邸に対する執着がなみなみならぬものであったことを物語る。

たしかに、ああいう邸に一度でも住んだら、こんなボロ家に住む気にはなれないだろうな――と竹村も思う。

まったくの話、警察の官舎というのは、どうしてこんなに古いのだろう。戦後まもなく建てたような、木造平屋の二軒つづきの家である。

今ふうにいえば、「2K」ということになるのだろうけれど、そういうモダーンな雰囲気はこれっぽっちもない。根太《ねだ》はゆるみ、戸障子は隙間《すきま》だらけ。冬は寒風、夏は排気ガスまじりの風が吹き抜けるような家だ。

こんなのに較べれば、畑野恭子が住んでいる借家は御殿である。

とはいえ、恭子があの邸を捨てなければならなかった時の気持ちは、さぞかし辛《つら》かっただろうな――と、竹村は想《おも》いやる。

それにも増して、もし畑野が生きていたとしたら、どういう気持ちだろうか――。

そう思った時、竹村はあの白骨死体が畑野高秀ではないのでは――と疑ったことは、やはり間違いかもしれない――と思えてきた。畑野が生きていれば、どんなことがあっても、あの邸だけは手放す気になれなかっただろうし、恭子夫人が邸を売ることは許されなかったにちがいない。

（そうか、畑野はやはり死んだのか――）

捜査本部のほかの連中にしてみれば、いまさらそんなことを言い出す者もいないほど、既定の事実でしかないことを、竹村はようやく認めなければならなかった。

それにしても、竹村の感覚からいえば、畑野が自分の生命を賭《と》してまで、あの家を手放したくなかったという、そういう執念だけはどうしても理解できない。

常識的に考えれば、ともかくも家屋敷を売って、当座を凌《しの》ぎ、再起を期す――というのが、一般的な考え方だ。

死んでも手放したくない。しかも保険金詐取という犯罪を犯してまで、妻のために邸を残したい――と思うほど、畑野は恭子夫人を愛していたとでもいうのだろうか？

そのことが竹村にはどうしても納得いかなかった。そして、その疑惑が少しずつ、自分の胸のうちで成長してゆくように、竹村には思えた。

2

その朝、父親がとうに出勤してしまったあと、一人で朝食をとりながら、新聞を広げていて、田尻風見子は小さな見出しに視線を止めた。

——東京の会社社長死体で発見
　負債苦に自殺か？——

ふだんなら、何気なく見過ごす記事かもしれない。人が死んだり殺されたりなどという事件は、文字どおりの日常茶飯事でしかないのだ。

だが、風見子はこのところ、このての事件に対して過敏なくらい神経質になっている。これまでは他人事《ひとごと》だと思っていた殺人事件が、現実に自分の身近で起こることがあると知って、到底、無関心でいられなくなったというわけだ。

もっとも、風見子がその記事に目を引かれたのは、見出しのすぐあとの、「新潟県」

と「新信濃川」という活字が目に入ったせいかもしれない。

――二十五日の午後、新潟県寺泊町の新信濃川河口付近の水面に男の人の死体が浮かんでいるのを、付近を通りかかった観光客のグループが発見、警察に届け出た。

与板警察署と新潟県警が調べたところ、この男の人は東京都足立区の会社社長谷永敏男《としお》さん（58）で、谷永さんは今月はじめ頃、自宅を出たまま行方不明になっており、家族から警察に捜索願が出されていた。遺体発見後の調べで、谷永さんは付近の民宿に十六日から宿泊していたことが判明。死後十日ほどを経過しており、失踪当時、会社がかなりの負債を抱えていたという事情から自殺したものと思われるが、警察では他殺の可能性もあるものと見て捜査を始めた。

（何よ、これ――）

風見子はゾーッとした。新信濃川河口の美しい風景写真と、二艘《そう》の手漕《てこ》ぎ舟を操る男たちを思い浮かべた。

まさか――と思いながら、風見子は電話に駆け寄った。

いままさに受話器に手が届こうとしたとたん、けたたましいベルがなって、風見子は心臓が破裂しそうなショックを受けた。

「あ、風見子？　僕だよ、野村だよ」

受話器からは野村良樹の上擦《うわず》った声が飛び出した。

「あら、ちょうどいま、そっちに電話しようと思っていたところよ」

風見子は驚いて言った。

「え？　何かあったのかい？」

「うん、ちょっと気になることがあったんだけど、でもノムさんの用事は何？」

「ああ、こっちもね、ちょっと気になったことがあるんだ。風見子のところ、新聞、何取ってる？」

「え？　じゃあノムさんもその記事のことなの？　新潟の」

「そうか、じゃあ風見子も気がついたのか、新信濃川の事件のことだけど」

「ええ、たったいま、新聞を見てびっくりしたところ。会社社長の死体が発見されたっていう記事でしょう？　あれ、やっぱし、あの二人の男と関係あるのかしら？」

「う―ん……何とも言えないけどさ、死んだのがたぶん十五、六日頃っていうんだろ？　だとすると、やっぱしおれたちがあそこで写真を撮った日かもしれないよな」

「じゃあ、あの二人、その事件に関係あるってこと？　気味が悪いわ」

「とにかくさ、あの刑事に教えてやったほうがいいんじゃないかと思ってさ。ほら、長野県警の竹村とかいう警部」

「そうね、電話してあげたほうがいいわよね。もしかしたら、こっちの新聞にしか出てないのかもしれないし。じゃあ、ノムさん、電話して」

「いや、それがさ、ちょっとおれ、細かいのがないからさ、それで風見子に電話してもらおうと思ってさ。頼むよ」

「いいわ、電話してみる」

風見子は引き受けた。細かいのがないどころか、月末近いいまごろは、野村の懐具合は最悪の状態であるにちがいない——と思いやったのである。

竹村にもらった名刺に、長野中央署の捜査本部の直通番号が書いてあった。そこに電話して「竹村警部さんを」と言うと、すぐに竹村が出た。

「やあ、その節は」などと、竹村はひまそうな声で挨拶《あいさつ》した。風見子のほうはそれどころではない。

早口で新聞記事のことを告げると、竹村はがぜん緊張した声音に変わった。

「分かりました、たぶんこっちの新聞には出ていないのでしょう。いや、ありがとうございました」

「あの……」

風見子はいちばん気になることを訊《き》いた。

「もし、その社長さんが殺されたとして、私たちが目撃したあの二人が犯人だとすると、やっぱり私たちのことをつけ狙《ねら》うのじゃないでしょうか？」

「まさかそういうことはないと思います。しかし気をつけるのに越したことはありませんから、当分のあいだ、夜はなるべく早く帰宅するか、独りで出歩かないほうがいいかもしれません。もし危険な徴候があるようでしたら、私のほうから誰《だれ》かボディーガードをつけますが、もっとも、たぶんその必要はないはずです」

「どうしてですか？　どうしてないと断言できるのですか？　相手は暴力団かもしれないじゃないですか」

「いや、ちがいますね。この事件の犯人は知能犯ですよ。あまり、暴力的なことは得意ではないと思っていいでしょう」

「そうでしょうか？　現実に人を殺しているのだし、ずいぶん暴力的なように思えますけど」

「しかし、おおっぴらに人を襲って殺すような犯行はしていないはずです」

竹村はひそかに、加害者と被害者が合意の上での「委託殺人」を想定しているのだが、まさかそれを言うわけにはいかない。

「一応、身辺に注意していれば、大丈夫だと思っていいでしょう。それに、今度の事件で、犯人像ははっきりしてきましたから、逮捕は時間の問題だと思ってくれていいです。とにかく知らせてくれて助かりましたよ。有難うございました」

竹村はもういちど礼を言って、電話を切った。

3

待っていたものがついに現れた——と、田尻風見子からの電話のあと、竹村は直感的に思った。

すぐに与板警察署に電話して、直江刑事課長を呼び出した。谷永社長の死体が出た寺泊町は、与板署の管轄だ。

「新信濃川で死体が上がったそうですね？」

挨拶もそこそこに、竹村は訊いた。

「ほう、早耳ですなあ、そっちのほうには関係ないニュースだと思っていました」

「ええ、こっちの地元紙には出なかったのですが、東京からの連絡で知りました」

「ほう——それで、その事件がどうかしましたか？」

「ちょっとお聞きしたいのですが、その死体のですね、身元確認の作業は間違いなくやったのでしょうね？」

「え？　それ、どういう意味です？　まさか冗談で言ってるんじゃないでしょうな？　こっちも曲がりなりにも警察ですぞ、いいかげんなことはやっていないつもりですがねえ」

「いや、気に障《さわ》ったら謝ります。そういう意味ではなくてですね、身元確認の決め手になったのは何かをお聞きしたいのですが」

「決め手といったって、もちろん、ひととおりのことはしましたよ。最初は着ていた服のポケットから出た名刺入れと運転免許証を参考にして、東京の本人の家に連絡を取ったのですが」

「え？　そうですか、服を着ていたのですか……というと、死体の状態はかなりよかったということですか？」

「よかったといっても、死後十日ほど経《た》っていて、そうとう腐乱が進んでいたし、白骨化した部分もありましたがね。ことに顔面とか腕とか、露出していたところは、水の中で搔《か》き回されて、川底の砂なんかにこすりつけられたらしくて、ほとんど骸骨《がいこつ》同然でした。何しろ、堰堤《えんてい》の水が落下してくる真下に、重しをつけて沈められていたのですからな、たまったものじゃないのですよ。それでも、体がグルグル巻きにロープで縛られていたために、洋服なんかは案外しっかりしていましたがね。まあ、それにしたって、とにかく凄惨《せいさん》なありさまでしたよ」

「それじゃ、家族による身元確認なんかは、ちゃんと行なわれなかったのではありませんか？」

「うーん……たしかにそれは言えますな。顔を見たって分かりゃしないのですからね。カミさんなんかは顔を背けっぱなしみたいなものでした。しかし、血液型も一致したし、背中に二カ所あった黒子《ほくろ》なんかも、あらかじめ聞いておいた家族の証言どおりのものが、ちゃんとありましたからね、本人であることは確かです」

「新聞には自殺、他殺の両面で捜査とか書いてあったそうですが」

「いや、最初の段階では、マスコミには自殺の線を強く出しておきましたがね。あれは他殺ですよ。体にロープが巻きつけられていたし」

「しかし、それぐらいは自分でもできるのではありませんか？　つまり、たとえば保険金を詐取するために、他殺を装う必要があったとか、ですね」

「あははは、まあその可能性がぜんぜんないとは言いませんがね。それ以外にも他殺と断定する要因があるのです」

「ほう、それは何ですか？」

「被害者の腹部に刺し傷があるのです」

「刺し傷？」

「そう、かなり鋭利な刃物で刺したと思われる傷です。相当腐敗していましたが、外傷は生きている時に与えられたものであることははっきりしています」

「すると、それが致命傷ですか？」

「かもしれませんね。直接の死因が何かはっきりしないのですが、たとえば、刺された瞬間のショック死かもしれないし。監察医務院では、この刺し傷には生活反応が見られるけれど、顔面や手足の擦過傷などには、見られないといっています。要するに、死後投棄されたものだというわけです。したがって、自殺の線はあり得ないというわけです」

「そうですか……他殺ですか……」

「なんだか、他殺ではいけないような口振りですね」

直江は皮肉っぽく言った。

「いや、そういうわけではないのですが」

竹村は電話のこっちで苦笑して、言った。

「そうすると、捜査本部は与板署内に設置したのですか？」

「そうです。竹村さんが見えた時とはちがって、いまやこの老朽庁舎がテンヤワンヤの大騒ぎといったところですよ」

直江は陽気な声を張り上げて言った。いくら久びさの大仕事にありついたといっても、悲惨な殺人事件が起きているというのに、いささかはしゃぎすぎのようにさえ思えた。

（他殺か——）

竹村は電話を切ってから、考えに沈んだ。これで谷永社長の遺族や会社は、莫大《ばくだい》な保険金を取得できることになる。

考えてみると、竹村が今回の一連の捜査の途上、知り得ただけでも、失踪し死亡し、保険金を取得したまたはするという事件は三つあることになる。

第一の事件は畑野高秀の前妻・雅代のケースである。畑野雅代は水泳教室の仲間と恋の逃避行をした（という噂《うわさ》を立てられた）あげく、宮崎県の霧島山系で無残な自殺死体となって発見された。

もっとも、水泳教室の仲間のほうはその事実を否定しているし、警察の調べでも、駆け落ちの証拠は摑《つか》めなかった。

いずれにしても、妻の死によって、畑野高秀はかなりの保険金を受け取ったことには変わりはない。

第二の事件は畑野高秀自身の失踪――死亡である。畑野が野尻湖で「他殺」死体となって発見されたため、多額の保険金が畑野の後妻・恭子の手に入ることになる。まさに畑野は前の妻の死によって受けた恩恵を、後妻の恭子のために残すことになった。

そうして今回の新信濃川の事件だ。

これら一連の事件が、すべて良寛の研究者がらみであるか、良寛ゆかりの土地に関係しているというのが、妙に気になった。

まるで、良寛の父親・山本以南が借金苦から逃れるために、京都の桂川に「身を投げた」という狂言自殺にヒントを得て、それに保険金詐取をプラスした犯行との臭いがするではないか。

ただし、その当事者たちが、いずれも現実に自殺するか殺されるかしているというところが、どうにもやりきれない。畑野雅代の場合を除いて、あとの二人の場合には、自分から進んで保険契約を結んでいる。あたかも殺されることを覚悟の上でもあるかのように――だ。

わが身を捨てて、家族や会社の危急存亡を救う。まさにカミカゼ的な自己犠牲の精神というほかはない。

そんなことがあり得るのだろうか？

竹村には得心がいかなかった。いくら家族のため会社のためとはいえ、殺人者の前に身を投げ出すようなことが、はたしてできるものだろうか？

しかも、畑野にしろ会社社長の谷永にしろ、過去に何度もピンチに立たされ、そのつど切り抜けてきたしたたかな男なのだ。

ことに畑野の場合には、先妻の死によって保険金をせしめたという「実績」がある。そうまでして生き抜いてきた海千山千の畑野が、あっさり自分を捨てるような決心をするものだろうか？

死ぬくらいなら、まだしも、家屋敷を売り飛ばしてでも、再起を期すということしか、どうしても竹村には思いつかない。

竹村の描くシナリオでは、畑野高秀は生きていなければならないのである。

「ちきしょう……」

竹村はひそかに呟《つぶや》いた。

どこかに何かカラクリがある。現在までの捜査で見落としている何かがあって、それを発見するか、気付くかしさえすれば、この不可解な事件は一挙に解決に向かうはずなのだ――。

そう思いながら、竹村はじっと捜査本部の席を温めていた。

野尻湖殺人事件の捜査は遅々として進まない。捜査員を督励して、ただやみくもな聞き込みを続けさせながら、竹村は自分でも情ないほど、打つ手に窮していた。

ひと頃は捜査本部に入りびたっていた報道関係者の足もしだいに間遠になって、事件が迷宮入りの様相を呈しつつあるように書く新聞も出てきた。

4

六月に入って、雨が降りつづいた。休みの日に家でゴロゴロしていても、鬱々《うつうつ》としてたのしまない。狭い家の中は洗濯物がぶら下がり、キノコでも生えてきそうなほどジメジメした環境であった。

竹村の憂鬱ぶりに反して、陽子はまったくめげない女である。生乾きの洗濯物にアイロンをあてながら、名前どおりの陽気な声で、さだまさしの歌なんかを口ずさんでいる。亭主の心痛など、感じない体質なのかといいたくもなる。

「おまえは呑気《のんき》でいいよな」

竹村は陽子に尻《しり》を向けると、窓枠に肘《ひじ》をついて、庭に落ちる雨垂れを眺めた。

「なんだか、事件のほう、うまくいってないみたいね」

歌の延長のような陽気な声で、陽子は言った。

「いつかの夜、すごい着想を得たって言っていたじゃない。ほら、野尻湖の死体は身元が分かるように分からなくしているとか、ややこしいこと言ってたでしょう？　あれ、どうなったの？　だめだったの？」

「だめじゃないさ。あれはあれですばらしい着想であることには変わりはないのだ」

竹村は自分に言い聞かせるように、大きく頷いてみせた。

「しかもだな、その後に起きた事件だって、野尻湖の事件と似たところがあって……」

言いながら、そのとき竹村は、事件の全貌《ぜんぼう》を、遠くから眺める視点に立っている自分に気がついた。捜査本部や事件現場にいたり、聞き込みに動き回っているときには、こういう客観的な気分にはなれないものだ。

雨樋《あまどい》から流れ出した水が、庭の土の上に小さな流れや水溜《た》まりを作っている。それがまるで、ミニチュアの信濃川や野尻湖のように思えてきた。

陽子が言ったように、いつかの夜の着想は正しいと、いまでも竹村は信じている。ことに、死体を隠しておきながら、いずれ発見されることも期待しているような捨て方――という点は、たしかにすばらしい着想であったはずだ。

そして、野尻湖の事件と新信濃川河口の事件の双方が、その点で驚くほど似通っている。

野尻湖の場合は、明らかに春の渇水期になって、ナウマン象の遺跡発掘作業があることを見越したものといえる。

新信濃川の場合も、死後それほど遠くない時期に死体が発見されるように計算し、あるいは工作した可能性は十分あった。

もし、計算どおりに浮かび上がってこない場合には、重しの一部を切断するとか、そういう仕掛けを用意しておくことだって可能だろう。

ただし、もう一つの事件――畑野の前妻・雅代の場合だけは、そういうトリックを仕掛けた形跡がまったくない。霧島山系の山奥では、ことによると永久に発見されない可能性だってあったかもしれない。登山者の目に触れたのは、おそらく僥倖《ぎょうこう》であったのだ。

それればかりではない。雅代の死は自殺と断定されている。そこが前述の二つのケースとはっきり異なる。

（そうか、雅代の場合は自殺であっても、いっこうに構わなかったのだな――）

竹村はその理由に思い当たった。要するに、雅代の場合はたとえ自殺であっても、保険金は支払われたのだ。つまり、保険に加入してから、おそらく何年も経過していたということなのだろう。

むしろ、雅代は自殺でなければならなかったのかもしれない。なぜなら、もし他殺と断定された場合には、殺害の動機を持つ人物として、当然、まず最初に畑野高秀が疑われるからだ。

そのために、畑野は用心深く、自分のアリバイを完璧《かんぺき》なものにしている。妻の失踪直後から三カ月のあいだ、毎日欠かさず武蔵野署に顔を出して、妻の行方に関する情報が入っていないかどうか、律儀に確認していたというのだ。

その後も、該当しそうな身元不明死体が出るたびに、どこへでも足を運んで身元の確認に協力しているという。まさに妻想いの夫の役を演じきったといっていい。

そうして、六番目の、霧島《きりしま》山系の山深いところで発見された身元不明死体が、畑野雅代の自殺死体だった。雅代は失踪後、一カ月か二カ月のあいだに死亡したのではないかと推定された。誤差を見こんでも三カ月以内と考えてまず差し支えなさそうだ。

畑野は現地で妻を茶毘《だび》に付して、その後、かなりの額の保険金を受け取っている。その「事件」はすでに遠い過去の出来事でしかないのである。

（妙だな――）

竹村はそこまで、事件の謎《なぞ》をたどってきて、ふと疑惑を覚えた。

畑野が三カ月間、一日も欠かさず武蔵野署に顔を出していたということ。それが彼のアリバイを不動のものにしたことは疑うべくもない。そのことは分かる。しかし、なぜ三カ月だったのだろう？

その三カ月を除けば、畑野のアリバイは、必ずしも完璧なものとはいえなかったのではないだろうか？

現実の問題として、かりに雅代の自殺が、失踪から半年も経ってのことだとしたら、畑野のアリバイは証明されない可能性があったかもしれない。少なくとも、一所懸命に武蔵野署に通いつめた三カ月の努力は、水の泡と消えるはずだったのだ。

（なぜ三カ月なのだ？――）

竹村はしだいに、不安ともいらだちともつかぬ、背筋がかゆくなるような衝撃が、身内から突き上げてくるのを感じた。

竹村は窓辺《まどべ》から離れると、上着のポケットから手帳を引っ張り出し、洗濯物の満艦飾をかいくぐって、電話に辿りついた。

メモの数字を読んで、東京・武蔵野市の長島元刑事の番号をダイヤルした。

「ああ、先日お見えになった……」

長島は懐かしそうな声を出した。しかし、竹村は挨拶もそこそこに、本論に入った。

「お訊きしたいのですが、このあいだお訊《たず》ねした畑野高秀の前の奥さんのことですが、霧島山系で自殺したという」

「はあ、それが何か？」

「その霧島以前に、畑野氏は数度にわたって身元不明死体の確認に行っていたということでしたね？」

「ああ、そうです。いずれも別人であったというものですが」

「それなんですがね、それらの死体の死亡推定時期について、長島さんは記録を残しておられますか？」

「えっ？　いや、まさか、そこまではやっておりませんなあ」

長島は呆《あき》れたように言った。

「いったい、そんなことを調べて、どうしようというのです？」

「はあ、はっきりしたことは言えないのですが、かりにですね、畑野氏が毎日のように所轄署に顔を出していたという三カ月と、死体の死亡推定時期とが重なっていないと、畑野氏のアリバイは完全でないことになるわけですよね。その点がちょっと気になったものですから」

「ん?……」

さすがの長島も、とっさには竹村の言う意味を理解できなかったらしい。しばらく沈黙してから「あっ……」と驚きの声を洩《も》らした。

「なるほど、竹村さんは、畑野氏の死体確認には疑う余地があると言われるのですな」

「そうです。つまりですね、畑野氏はその死体が誰のものであっても、いっこうに構わなかったのではないかと思うのです。要するに、死亡推定時期が、自分のアリバイの完璧な三カ月の中でありさえすれば——です」

「うーん、驚きましたなあ……」

長島は吐息をついた。

「たしかに、遺体の確認は畑野氏一人を頼りに行なわれたはずですからね。彼氏が自分の妻に間違いないと断定すれば、おそらく地元の所轄も疑わなかったでしょう。なるほどねえ、それでさっき、竹村さんは死亡推定時期のことを言われたのですか……いや、感服しました。驚きました」

長島は電話の向うで脱帽している。その率直な言い方を聞いていて、竹村はふっと、わけもなく涙ぐんだ。

「しかし竹村さん」

長島は気を取り直したように言った。

「かりにそうだとしてですよ、そうすると、畑野の妻・雅代はどうしちゃったのでしょうか？　自分の死亡が認定されるのを、黙っているはずがないではないですか」

「それは、おそらく、その時点ですでに、雅代夫人は殺されていたのだと思います」

「うーん……」

長島は呻《うめ》いた。

「じつはですね、私は畑野高秀が借金取りに責めたてられながら、なぜあの屋敷を売ろうとしなかったか、そのことがすごく不思議だったのです。しかし、もしかりに、あの屋敷のどこかに死体が埋めてあるとすれば、どうしても他人の手に渡すわけにはいかなかった理由が納得できると、そこに気がついたのですよ」

「それじゃ、雅代の死体はあの屋敷に……」

長島は絶句して、また呻いた。

「それでですね、こんなことは長島さんにお願いする筋合ではないのですが、どうでしょうか、所轄に頼んで、あの屋敷を捜索するよう、進言していただけないでしょうか。あの屋敷は空き家になっていますから、さほど問題はないと思いますが」

「分かりました、やってみましょう。なに、警察がその気になれば、家宅捜索をやることぐらい、どんな理由でもつきますよ。あははは、久し振りに刑事の血が騒ぎ出しましたなあ」

長島は意気込んで、笑いながら言った。

5

六月九日、畑野の旧宅の庭先、一メートルの地中から死後十年以上を経過したと思われる女性の死体が発見された。

死体の埋まっていた上には花壇が作られ、雑草が茂るにまかせた中に、血の色のような赤いサルビアが咲いているのが印象的だった。

死体は一部が白骨化、一部がミイラ化したような凄惨な姿で、こういうものに慣れっこのはずの男どもが、さすがに顔をしかめるほどだった。

この事実は、長島からただちに竹村のもとに告げられた。

「お手柄ですなあ。いや、お見事というほかはありません。はるか彼方《かなた》から、まるで千里眼のようです」

長島はまたしても拍手喝采《かっさい》を送って寄越した。

「しかし、畑野が死んだいまとなっては、大した意味がないのかもしれません」

竹村は控え目に言った。

「いや、何をおっしゃる。これから所轄の刑事たちは真相を究明しなおすと意気込んでおりますよ。差し当たって、畑野未亡人の恭子を取り調べるそうです。まあ、残念ながら私は傍観者でしかないのだが、それでもこういう名推理に出くわすと、ガキのように胸が躍るものですよ」

長島のはしゃぎぶりとは対照的に、竹村の思考は氷のように冷徹なものになっていった。

捜査会議の席上、竹村が東京・武蔵野署管内で起きたこんどの事件のことを報告すると、細田署長以下、捜査員全員が顔色を変えるほどの衝撃が走った。

「そうすると何かね竹村君。つまり畑野は妻殺しの犯人であったということか」

細田は分かりきったことを確認する癖がある。

「そうです」

竹村もそれに合わせるように、鹿爪《しかつめ》らしい顔で言った。

「畑野高秀は前の妻雅代を殺害し、霧島山中で自殺した他人の女性を雅代に仕立てて、保険金を詐取したものと考えられます」

「なるほどなあ。しかし、今度はその畑野が殺されて、現在の妻の手に保険金が入るというわけだ。そうするときみ、その女、畑野の未亡人が今度の事件の犯人ということも考えられるのではないかい？　いや、これはあり得るよ、そうじゃないかね」

どうだ——といわんばかりに、得意げな顔である。

「おっしゃるとおりですね」

竹村は神妙に頷いた。

「たしかに、畑野恭子が野尻湖殺人事件の犯人である可能性はありそうです。さっそく調べてみることにします」

「うん、そうしてくれたまえ」

「すでに東京の武蔵野署が畑野恭子に対する取り調べを開始したもようですので、われわれとしても遅れを取るわけにはいきません」

「そうか、向うでも捜査を始めたのか。そりゃ負けてはいられないぞ。ただちに現地へ捜査員を派遣してくれ」

「はい承知しました。つきましては署長、今回の捜査には私自身が行きたいと思っているのですが、よろしいでしょうか？　なにぶん、向うの事情に通じているという点では、私がもっとも適任でありますので」

「ん？　そうね、やむを得んでしょう。ひとつ、よろしく頼むよ」

細田はかすかに眉《まゆ》をひそめながら言った。

翌朝の列車で、竹村は木下刑事を伴って東京へ向かった。

「警部、ついにやりましたね」

木下はボスの手柄に無邪気に喜んでいる。

「これで事件は一挙に解決ですね」

「キノさんは単純でいいな」

竹村は苦笑した。

「あ、そういう言い方はひどいですよ。それとも、事件はまだ解決しないとでも言うんですか？」

「ああ、まだだね。そう簡単に片づくような事件じゃないと、おれは思っている」

「しかし、畑野恭子の犯行であることは、ほぼ確定的なのではありませんか？」

「どうしてさ。どうしてそんなことが言えるんだい？　畑野の前の奥さんが死んだのは、恭子が畑野の後妻になる二年前のことなんだぜ。恭子は雅代が殺された事件には関係してないし、おそらくそういう犯罪があったことすら、まったく知らなかったにちがいないよ。なぜなら、恭子はあの屋敷をあっさり手放してしまったのだからね。もし、恭子が共犯者だったり、あの家の庭に死体が埋まっていると知っていたら、そう簡単に屋敷を売りはしなかっただろうし、少なくとも、死体を処理してから引っ越しただろうからね」

「あ、そうですよね……」

木下も竹村の説には感心している。そんなふうに感心ばかりしている木下が、竹村には多少、もの足りなくもあった。自分が平刑事のときには、上司の捜査方針に何か齟齬《そご》がないか——と、そんなアラ探しばかりしていたものである。

竹村が言ったとおり、武蔵野署の調べに対して、畑野恭子は何も知らなかったと、頑強に否定しているということであった。

「せっかくの着想でしたが、どうも、犯人の畑野本人が死亡してしまっているいまとなっては、どうにも手の打ちようがありませんなあ」

武蔵野署の刑事課長は、気の毒そうに言った。

信州からわざわざやってくることはなかったのに——と言いたそうな口振りだった。

「そうですか」

竹村は意気消沈したという顔をして見せてから、言った。

「それでも、せっかく出てきたのですから、手ぶらで帰るわけにもいきません。無駄かもしれませんが、もう一度、ひととおり調べて帰りたいと思います」

「というと、畑野恭子を調べるのですか？」

「はあ、無駄かもしれませんが」

竹村は「無駄」を強調して、武蔵野署をあとにした。このくらい仁義を切っておけば、気分を害することはないだろう。

それから、竹村はまず畑野恭子の家を訪ねた。

恭子は刑事の来訪に慣れきったのか、竹村の顔を見ても、（またか――）という、いくぶんうんざりした表情で迎えた。

「お宅の庭先から、またえらいものが出たそうですね」

「ええ。でも、あの家はもう私とは関係ありませんからね」

「しかし、それまでのあいだ、ずっと何年もあそこに住んでいたのでしょう。つまり、死体と一緒に暮らしていたわけです。気味が悪いと思いませんか？」

「べつに、だって、気がつかなかったのだし、それに死んだ人なんかより、生きてる人のほうがよっぽど恐ろしいわ」

「あ、そうでした。なるほど、奥さんはもともと看護婦さんでしたね。それじゃ、死人や死体なんかはいつも見慣れていたというわけですか。まったく、お医者や看護婦さん、それにわれわれ警察官なんていうものは、死体を見ても何とも思わない。言ってみれば不感症になっているのですな」

竹村は笑ってから、

「とはいっても、前の奥さんを殺したのは、どうやら畑野さん――あなたのご主人だったらしいのですよ。そのことについては、どう思います？」

「べつに……だって畑野と結婚する二年も前のことでしょう。私には関係ありませんからね」

「たしか、奥さんが畑野さんと知り合ったのは、新潟のS病院ででしたね？」

「ええ、そうですけど」

「それは、結婚する何年前ということになりますか？」

「それは……十年か、それぐらい前だと思いますけど、よく憶《おぼ》えてません」

「そうすると、その頃は畑野さんの前の奥さんは存命中だったわけですよね」

「ええ」

「前の奥さんは新潟の病院には来なかったのですか？」

「一度か二度、来たような気がしますけど、はっきりとは憶えていません」

「それにしても、会ったことはあるのでしょう？　だったら、ぜんぜん関係がないというわけではないですね」

「それは……その程度なら、まあそういうことですね」

「畑野さんとは、いつ頃から親密になったのですか？　つまりその、親密という意味はですね、結婚してもいいかな……といった、その、肉体関係を含んでですね」

「失礼な！……」

恭子は眉をしかめた。

「いくら警察だからって、そういうプライバシーを訊く権利はないでしょう」

「あ、いや、気に障《さわ》ったら勘弁してください。どうも刑事なんてやつはガラが悪いものですから、つい失礼なことを口走ってしまったりするのです」

竹村は頭を掻《か》きながら、細めた眼《め》で恭子の瞳《ひとみ》の奥を、じっと見つめていた。

「ところで、最近、ある人から、畑野さんによく似た人を見たという情報があったのですが、ご主人が生きている可能性はあるものでしょうかねえ？」

「まさか……そんな、絶対にありませんよ、そんなこと。だって、主人は野尻湖で死んでいたじゃありませんか」

「いえ、ところがですね、あの死体はじつは畑野さんではないかもしれないというわけがありまして」

「嘘《うそ》ですよそんなの。主人が生きているなんて、そんなこと……私をペテンにかけようとしても、そんなの無駄ですよ刑事さん」

恭子はあざ笑うように言って、実際、その直後、喉《のど》の奥まで見せるように、のけぞって笑った。

6

「いやな野郎ですね」

畑野恭子の家を出るなり、木下は唾《つば》を吐くように言った。

「ははは、野郎はないだろう。あれでも女だよ」

「そうですかねえ、どう見ても女って感じはしませんよ。あんな女を嫁にしたら、一生の不作ですよ」

「そりゃ、キノさんの彼女に較べればそうかもしれないけどさ。しかし、女性は魔物っていうからな、本質はどうだか分からないぞ。あの畑野夫人だって、息子を見るときなんか、まるで天使みたいな優しい顔をしていたからね。キノさんの彼女だって、ときと場合によっては豹変《ひょうへん》しかねない」

「ときと場合って、どういう場合です？」

「たとえばさ、キノさんが浮気をしたとかさ。逆に彼女のほうに彼氏が出来たとかいう場合だってあるだろう」

「そんなの、絶対にありませんよ」

「どうだかな。とにかく、あまり多すぎる保険に加入させられたら、身辺に気をつけたほうがいいよ」

「やめてくださいよ。警部もいやなこと言いますねえ。これから結婚しようっていうのに」

木下は悲鳴を上げて、恨めしそうに、竹村の横顔を睨《にら》んだ。

「それは冗談としても、あの女性ならそういう図式を想像したって、それほど不思議はないかもしれないな。そのことについてはキノさんだって同じ意見なんだろう？」

「ええ、そりゃそうですが……」

「そうなると、相棒は誰かが問題だな」

「え？　というと、共犯者がいるということですか」

「決まってるだろう、彼女ひとりじゃどうしようもないよ。亭主を殺すことぐらいは出来るとしても、その死体を運んだり、野尻湖に捨てたりするには協力者が必要だからね」

「いったい何者なんです？　その協力者というのは。警部には心当たりがあるんじゃないですか？」

「まあね、まんざらないわけでもない。これから試しに、謎解きのトリックを仕掛けてやろうか」

竹村は、それこそ謎めいたことを言って、付近の公衆電話ボックスに入った。木下も半開きにしたドアのところに佇《たたず》んで、竹村の言う「トリック」なるものを見届けようと、興味津々の顔をしている。

竹村は谷永の家の番号をプッシュした。五、六度ベルが鳴って、女が出た。

「谷永さんですか？」

「はいそうですが……」

竹村は声を変えて言った。木下が呆れたように、竹村の顔を見つめている。

「奥さんですね？」

「はい」

谷永未亡人は不安そうに、か細い声を出している。

「篠原ですがね」

「あ……」

明らかにうろたえた様子だ。うろたえたのは木下も同様で、竹村を見る目には非難の色が込められた。

「例のもの、まだですか？」

竹村は低い声で続けた。

「ええ、まだです。いろいろ調べなければいけないって、保険会社の人がですね……」

「そうですか、まだ調べているのですか」

「あの、主人は大丈夫なのでしょうね？」

「ああ、大丈夫ですよ。元気です」

「こっちのことは心配しないで、みんな感謝しているって、そうお伝えください」

「分かりました」

竹村は受話器を置いた。置いたままの姿勢で、しばらくじっとしていた。

「警部、どうしたんですか？　どこへ電話したんですか？　篠原っていうのは何者なんですか？」

たてつづけに、木下は質問を浴びせた。竹村が偽名を使って電話したことに、不純なものを感じている。

「そうか、キノさんは篠原を知らないのか」

竹村は電話ボックスを出た。

「おいおい分かることだが、とにかく謎の鍵《かぎ》が一つ解けたよ」

「どう解けたのですか？」

「野尻湖の白骨死体の主だが、あれは畑野高秀ではないのかもしれない」

「えっ？　まだそんな疑問を抱いておられるのですか？」

「ああ、公式にはね、たしかに畑野高秀の死体であると認めたが、じつをいうと、おれはずっとその疑問から離れられないのだ。下腿骨《かたいこつ》にあった銃弾の痕《あと》だって、説明がついていないのだしね。ぜんぜん根拠がないわけでもないだろう」

「それはそうかもしれませんが。しかし、それじゃ、あの死体はいったい誰のものなんですか？」

「それが問題だな。ともかく、野尻湖に死体があったことは事実なのだし、その死体を畑野の妻が亭主だと確認したことも事実だ。そして、畑野の胸部手術を行なった病院のカルテとも一致した。つまり、第三者による身元確認もひととおり揃《そろ》ったことになる」

「でしょう？　だったら何の問題もないのとちがいますか？」

「そうかな、それだけでは客観的な証明が完璧とはいえないだろう」

「どうしてです？　病院のカルテは十分、客観的だと思いますが」

「カルテは畑野の過去の手術――肋骨《ろっこつ》の切除手術――が白骨死体の状況と一致すると証明しているだけだよ。そういう痕跡《こんせき》は同じ病気で手術を行なった患者なら、ほとんど共通しているのではないかな。ことに同じ病院の同じ外科医が執刀したものなら、微妙な癖のような部分も、たとえば骨に残っているノコギリの痕もそっくりかもしれない。それだけで同一人物とするのは早計だよ」

「しかし、そんなことといっても、畑野とそっくりの手術痕を持った人間なんて、そうざらにはいるものじゃないでしょう。しかもその人物がたまたま殺されて、白骨死体で発見されるなんて、偶然としても、ちょっと偶然すぎませんか？」

「どうも、キノさんはよく分かっていないらしいな」

竹村は苦笑した。

「野尻湖の白骨死体は、偶然あそこにあったわけではないじゃないか。何者かが、ある目的をもって、あの場所に死体を捨てたのだよ。しかも頭部だけを切り取って、身元が分からないようにしてだ」

「はあ、それはまあ、そうですが……」

木下は間の抜けた顔をした。

「いいかい、ここからが肝心なところだよ。犯人は一見、いかにも身元を分からなくしているようでいて、決してそうではないのだ。なぜなら、まず第一にあの場所がナウマン象の発掘調査が行なわれる場所であることを知っていて、わざわざそこを選んで死体遺棄をしている。しかも、胸部の手術痕や遺留物などから、いずれ身元が判明するであろうことを予期していたにちがいないのだ。そして、現に、犯人の思惑どおり、身元は確認されたじゃないか」

「待ってくださいよ警部、それじゃ、おっしゃってることがちぐはぐじゃないですか。犯人はつまり、身元が分かるようにしたっていうことになるじゃありませんか」

「そうだよ、結果的には身元が判明することを期待しているのさ。しかし、ほんとうの身元は判明してもらっては困る。だから頭部は隠したのだ」

「あっ、そういうことですか……」

木下にもようやく竹村の言っている意味が伝わった。

「だけど、あれが畑野の死体でないとすると、ほかに被害者がいたことになりますね。それに、それじゃ畑野はどこにいるのかということも問題だ」

「そうだよ。それが問題なのだよ」

「もし警部の想像が当たっているとすると、あの白骨死体の身元を洗い直さないといけないわけですよね。しかし、あのホトケさんはとっくに焼いてしまったし、もはや身元を確認する方法がないんじゃありませんか？　いや、畑野高秀ではないと証明することだって、もう不可能ですよ」

「そうでもないさ」

竹村はニヤリと笑った。ちょっとしたハードボイルドのヒーローにでもなったような、少し悪ぶった表情だった。

「おれには、あの白骨死体の身元に心当たりがあるんだ」

「ほんとですか？　被害者が誰か、知っているんですか？」

「ああ知っている。ただし、被害者というべきかどうかは問題だがね」

「は？……」

竹村の謎めいた言葉に当惑して、木下は思わず足を止めた。

7

この日、四人目の荼毘《だび》が行なわれていた。高い煙突から出る煙は、まっすぐに天に昇ってゆく。

「いい仏さまですなあ、素直な心のきれいな方だったのでしょう」

場長の吉岡《よしおか》は遺族の中に混じって、空を見上げながらそう言った。何人かがその言葉に頷き、そっと目頭をおさえる女性もいた。

吉岡はむろん、どういう人物が死んだのかは知らない。しかし、故人に対する褒め言葉はいくつか用意していて、その日の天気具合を見ながら使い分けることにしている。

たとえば風のある日、煙が横に棚引くようなときには、「思い残すことなく、極楽へお急ぎなのですな」などと言う。

他愛のないお愛想だが、これがけっこう遺族の気持ちを慰める。S葬儀場の場長は気配りのいい男だ――という評判があった。

午後三時過ぎには作業が終わった。ガランとした火葬場は、からっぽの倉庫のような雰囲気になる。遺族控室に出ている茶碗《ちゃわん》や灰皿を片づけると、あとは夕刻まで、ぼんやり時間を過ごすだけである。

構内に敷き詰めた砂利を軋《きし》ませながら、車が入ってきた。建物の近くまできて停《と》まったのを見ると、長野ナンバーである。

車からは二人の男が降り立った。その瞬間、吉岡は不吉な予感がした。

男たちはこうべを巡らせるようにして、建物の外観を確かめてから、ゆっくりこっちへ歩いてきた。

ガラスの引戸を開けて、年輩のほうの男が声をかけてきた。

「お邪魔します、こちらの責任者の方はいらっしゃいますか？」

「はあ、私ですが」

吉岡は立ち上がって、客を迎えた。

「あ、そうでしたか。われわれはこういう者ですが」

男は黒っぽい手帳のあいだから名刺を出して、吉岡に渡しながら、名乗った。

「長野県警捜査一課の竹村といいます。こっちは木下です。よろしく」

吉岡も慌てて名刺を出した。

「ほう、場長さんですか」

竹村は感心したように言った。

「場長といっても、私の下には二名の職員がいるだけです」

吉岡は訊かれもしないのに、説明した。

「今日はもうお仕事のほうは？」

竹村は訊いた。

「ええ、もう終わりです。午前中にお三人さま、午後はお一人さまをお送りしました」

「そうですか、それはそれは……」

何がそれはそれはだか分からないが、竹村はそう言って、

「そういうのは、すべて記録されるのでしょうね」

「はい、もちろん記録します」

「恐縮ですが、その記録簿を見せていただけませんか」

「はあ」

気乗りのしない顔で、しかし吉岡は記録簿を持ってきた。記録簿にはその日荼毘に付した遺体の住所氏名が記載されている。

「ここに書いてあるのは、市役所が発行した埋火葬許可証の記載に基づいているので

「そうか?」

「そうですよ」

「たしか、場長さんは、火葬のあと、その許可証に火葬したことを証明する裏書をなさるのでしたね？」

「ええ、そうです、火葬済裏書といっています。さすがによくご存じですねえ」

「ははは、まあ、にわか仕込みですが」

竹村は頭を掻いた。「にわか仕込み」は事実である。ここに来る前、S市役所に寄ってきた。そこで埋火葬の手続きに関する知識を仕入れてきたばかりだ。

人間が死ぬと医師によって死亡診断書が書かれる。遺族またはその代理人はそれを持って役所の住民課へ届け、埋火葬許可証を二通もらう。国土の狭い日本ではほとんどの地域が「火葬」だが、一部地域、または宗教上の理由によっては、現在でも「埋葬」を許可されるケースがある。

役所の係ではそのケースによって「埋」か「火」のいずれかに○印をつけてくれる。火葬した場合には、当該火葬場の責任者が、火葬に付したことを証明するわけだ。そして、遺族または代理人はその埋火葬許可証の一通を役所に戻し、火葬が行なわれたことを報告する。

竹村は火葬記録簿のページを繰って、ある一カ所を指で押さえて、訊いた。

「ところで、この五月十四日の分ですが、この日はお二人だけですか?」

「はあ、そのようですね」

吉岡はページを覗《のぞ》き込んで、言った。そこには、いずれもS市内の住所の男性名が記載されてあった。

「いや、どうもありがとうございました」

竹村は記録簿を閉じて、礼を言った。

「あの、何か?……」

吉岡は相手の意図を量りかねて、不安そうに訊いた。

「いえ、大したことではありません。ちょっと参考までにお訊きしただけです。ところで、もう一つお訊きしたいのですが」

竹村は木下の持っている角封筒を受け取ると、中から埋火葬許可証を取り出した。

「この裏書は吉岡さんが書いたものでしょうか?」

テーブルの上の許可証を見つめて、吉岡は首を振った。

「いや、違いますね、私の筆跡ではありません……あの、これはいったい、何なのですか?」

「これはさっき、S市役所から借りてきたものですが、日付を見てください、五月十四日となっているでしょう。つまり、さっき見せていただいた火葬記録簿には載ってなかった、もう一人の火葬者があったということです」

「冗談でしょう……」

吉岡は青くなった。

「そんなこと……そんな、私が知らないような、しかも記録に残っていないような火葬が行なわれているはずはありませんよ」

「そうでしょうね、いや、よく分かりますよ。これはたぶん、何かの間違いなのでしょう。場長さんには何の責任もないことです」

竹村は吉岡の興奮を宥《なだ》めるように言った。

「どうもいろいろありがとうございました。これで失礼します。ただ、われわれがここに来たことは、しばらくのあいだ、ほかの人には内緒にしておいていただけませんか」

「はあ……」

気が抜けたような顔をしながら、吉岡は頷いた。

刑事が引き上げると、裏のドアを開けて職員の川端《かわばた》が現れた。

「いまの、あれは刑事じゃないのですか？」

「ん？　ああ、まあな」

川端はドアのむこうで立ち聞きしていたらしい。口止めされたばかりだが、吉岡は仕方なく認めた。

「何を調べに来たのです？」

「いや、大したことではない……」

言いながら、吉岡は「あっ」と気付いた。

「そうか、きみがやったのだな？」

「えっ？　何をです？」

川端は、ギクッとして吉岡を斜めに見た。吉岡はすぐに視線を外した。自分よりずっと若い相手だが、どうも、川端の鋭い眼が苦手なのである。

「いや、何でもない」

まだ何か訊きたそうな川端に背を向けて、吉岡は逃げるようにして部屋を出た。

8

二人の刑事は、火葬場を出ると、その足でS病院に篠原を訪ねている。

暦の上では梅雨まっさかりであるはずなのに、梅雨入りの頃は、あれほど降りつづいた雨が、六月中旬に入ると、まったく降らなくなってしまった。東京の水ガメである上越国境のダムは貯水量が極端に減って、夏の水不足が心配だという記事が、連日のように新聞を賑わしている。

空には雲ひとつなく、ほとんど無風である。車で来る途中見た日本海は、真夏のように眩《まぶ》しい光を湛《たた》えていた。温泉地から山側に入ったこの辺りも、ムッとするような草いきれに包まれている。

「妙な気候ですなあ」

篠原事務局長は刑事の訪問を、うっとうしそうな顔で迎えた。

「こう蒸すと、患者さんの体調もどうにかなってしまいますよ」

首筋の汗を拭《ぬぐ》いながら言った。

「そうでしょうね、ただでさえ体力が弱っているのだから、暑さが原因で亡くなる方だっているのでしょうね」

　竹村はいたたまれそうな顔で言った。

「おっしゃるとおりです。この病院は正直いって、末期症状の患者さんも少なくないわけでしてね、医者はもちろん、われわれも昼夜の別なく気を配っているのですよ」

「なるほど、たいへんですねえ」

　挨拶の延長のような、世間話がダラダラとつづいて、篠原は焦《じ》れた。

「ところで、今日おみえになったのは、何のご用ですか？」

「ああ、じつは、いま篠原さんがおっしゃったこととも関連するのですが、こちらの病院には、かなり遠方の方も入院なさっているということですね」

「ああ、そのとおりですよ。最近は他県や関西方面からも入院してくる人が少なくないのです」

「聞くところによると、ご本人だけ入院させておいて、さっぱり見舞いにもこない例が多いのだそうですね」

「そうです、たしかにね。近頃の家族は冷たいものですよ。病院をまるで姥捨《うばす》て山か何かと勘違いしている。亡くなったときだって、連絡しても駆けつけるどころか、お骨を迎えにこない家もあるくらいですよ」

「ほんとですか？　ひどいですねえ。いい厄介払《やっかいばら》いができて助かったぐらいに思っているのかもしれませんね」

竹村は慨嘆してから、訊いた。

「そういう場合ですが、亡くなった方の遺体はどうされるのですか？」

「まあ、一般的には当方で手続きを取って、荼毘に付すことが多いですね」

「と言うと、そうじゃないケースもあるわけですか？」

「遺族が了解してくれるか、あるいは身寄りがない場合には、解剖の献体にさせていただくこともあります」

「遠くの遺族が、遺体のままで引き取りたいと希望することはないのですか」

「そういうことも、ごくたまにあります。その場合には、遺体運搬車でお運びするのですがね」

「最近ではいつありましたか？」

「そうですなあ、いつのことでしたか……」

篠原の表情に微妙な変化が見えた。いやな質問をする——という顔だ。

「五月にはありませんでしたか？」

「えーと、たしか無かったと思いますが」

「おかしいですね、さっきちょっと看護婦さんに聞いたところによると、五月のなかばに一度、遺体を運んだはずだということでしたが」

「えっ？　看護婦がそう言っていたのですか。しようがないなあ、そういう業務上のことはみだりに洩らしてもらっちゃ困ると言ってあるのですがねえ。しかしまあ、看護婦がそう言っているのなら、そういうケースもあったのかもしれません。何しろ、近頃は歳《とし》のせいか、物忘れがはげしくて……」

篠原はしきりに首を振った。物忘れを嘆いているというより、内心の動揺を見透かされまいというポーズに思えた。

「ところで、その遺体はどこへ運んだのか教えていただきたいのですが」

竹村はたんたんとした口調で言った。

「さあ、どこですかなあ……ちょっと調べてみないことには分からないが」

「亡くなった人の名前は分かっていますよ。小山辰男《こやまたつお》さんという、六十四歳になる男性だそうですね」

「あ、そうでしたか。そう、たしかにね、小山さんでした。埼玉県の人でしたか」

「そのとおりです。埼玉県熊谷《くまがや》市の人です」

「なんだ、知っておられるのなら、訊く必要はないじゃないですか」

篠原は鼻白んだように、険しい目をして強い口調で言った。

「いえ、ところがですね、熊谷市の小山さんの自宅に行って聞いたところ、小山辰男さんの遺体は戻ってきていないということなのですよね」

「そんなばかな……」

篠原は手指の先を小刻みに震わせて、膝《ひざ》の上を叩《たた》いた。

「そんなこと、あるはずがない。ちゃんと届いているはずですよ。第一、もし届いていなければ、小山家のほうから文句を言ってくるでしょうに」

「いや、それが文句を言ってこない理由があるんです。小山家には、ちゃんと辰男さんのお骨が届いているからです。しかもですね、遺族の方の話によると、べつにS病院に対して、遺体のままで運ぶように希望したことはないというのですね」

「………」

篠原はついに沈黙した。手指の震えがさらに大きくなった。

その様子をしばらく眺めてから、竹村はゆっくりと言った。

「つまりですね、小山辰男さんは、この病院を出るときには、たしかに遺体運搬車に乗せられて出たのですが、先方に着いたときには、骨壺《こつつぼ》の中に納まっていたというわけなのですね。つまり、そのあいだに手品が行なわれたにちがいないのです」

「そ、それじゃあれでしょう、途中で予定が変わって、火葬してから送ったということなのじゃありませんか。いや、きっとそうですよ。そうに決まってますよ」

篠原は竹村とは対照的に、猛烈な早口で言った。

「なるほど、そういうこともあり得るわけですか。そうしますと、火葬はどこでやったのですか？」

「それはもちろん……」

「ここですと当然、S市の火葬場ですよね。埋火葬許可証はS市で発行されるのですから。そうですね？」

「……まあ、そうですな」

「それで安心しました。じつを言いますとね、こちらに伺う前に、市役所に寄って小山辰男さんの埋火葬許可証が発行されているかどうか、確認してきたのです。許可証はたしかに発行されていましたよ。しかも、火葬される前の日の日付です。ですから、もし篠原さんが、そういう事実は絶対にないと言い張った場合、篠原さんの立場はきわめて微妙なことになるところだったのですよ」

竹村はゆっくりゆっくり話す。

篠原は額から噴き出る汗を、忙しそうに拭《ふ》いた。

「というわけで、そのことが確認されたのはいいのですが、そうするとおかしなことになりますねえ。さっき篠原さんは、病院を出てから状況が変わって、遺体のまま運搬するのをやめ、火葬することになったと言われましたが、その前に、すでに埋火葬許可証を取っていたということになるじゃありませんか。ずいぶん矛盾してますね」

「矛盾していようと何だろうと、事実がそうだったのだから仕方ないじゃないですか」

「いや、違いますね、事実はそうではないのでしょう?」

「何を言ってるんです。何を根拠にそんな言い方をするんです?」

「それじゃお訊きしますが、遺体を火葬場に運搬したのは誰ですか?」

「それは……そのときは私ですよ」

「そうだそうですね。それを聞いて驚いたのですが、事務局長さん自ら遺体運搬車を運転したのだそうですね。いつもはそうではないのでしょう?」

「いつもは、部下に任せています。しかし、人手が足りないときは、私だって手伝いますよ……そうだ、あの時は寺泊で合宿があって若い者がいなかったのです」

「なるほど、そうでしたか、まあそのことはいいでしょう。とにかく、予定が変わって、火葬することにした……とこういうわけですね。しかし、どういうわけか、その日の火葬場の記録には、小山辰男さんの名前が見当たらないのですがねえ。しかも、埋火葬許可証の裏書の文字が、なぜか吉岡場長さんのものではなく、職員の川端さんのものだったのですよ。これはちょっとした問題じゃありませんか？」

「…………」

篠原はまた言葉を失った。こんどこそ、永い沈黙になった。額といわず首筋といわず、汗が噴き出るのとは逆に、顔は青ざめ、手足は氷のように硬直していた。

「申し訳ないが、S警察署まで同行願えますか」

竹村は平板な口調で言った。

9

S署内での取り調べの結果、その夜遅く、篠原に対する逮捕状が執行された。直接の容疑は公文書偽造および行使。それに死体遺棄である。

篠原に対する訊問が行なわれているのと時を同じくして、各所で警察は動いた。

まず、S葬儀場職員の川端が篠原と同じ容疑で逮捕されている。急遽《きゅうきょ》、東京から呼ばれた野村良樹と田尻風見子によって川端が野尻湖博物館でフィルムを奪った犯人であることが確認された。

その川端の供述で、五月十六日の夕刻新信濃川河口で舟を漕いでいた二人の男が川端と篠原であったことも判明した。

また、翌日の朝には、東京・武蔵野市では畑野恭子を、そして、足立区では谷永和子を、それぞれの所轄署扱いで任意同行の上、保険金詐取の疑いで逮捕した。

その報告を、竹村は捜査会議の席上、受け取った。

「いったいどういうことなのかね？」

細田署長は急転直下の事態の進展に、とてもついていけない——といわんばかりの顔をして、訊いた。

「要するに、保険金詐取グループですね」

竹村はあっさりした口調で言った。

「いや、それは分かったけどさ、どういう仕組みで、何がどう行なわれたのか、さっぱり分からないのだよ。そもそも、野尻湖の白骨死体は、あれは何だったのだい？　きみの説によると、畑野高秀の遺体ではないということらしいじゃないか」

「はあ、その可能性が大……というより、ほぼ間違いなく別人です」

「ほんとうかね。もしそうだとすると、えらいことだぞ。いまさら被害者の身元を調べようにも、何も残ってない」

「あ、署長、それなのですが、あれは『被害者』ではないのです」

竹村は木下に言ったのと同じ、謎めいたことを言った。木下はすでに真相を知っているから、俯《うつむ》きかげんにした顔でニヤニヤ笑っている。

「被害者じゃないとはどういうことだね？」

「あの白骨死体は、単なる病死者だったのですよ。つまり、野尻湖では遺体損壊と死体遺棄が行なわれたにすぎないのです。私の推理によれば、要するに、あの白骨死体は畑野高秀の身代わりにさせられただけなのです」

「ふーん……そうなのか。ずいぶん大胆な仮説だが、そう言うからには、きみは白骨死体の身元も知っているということかい？」

「はい、これまでの調べでは、おそらく、三年前に新潟県のS病院で死亡した野田三男《のだみつお》という人物だと思われます。野田氏は当時六十二歳、若い頃に胸部疾患の手術を行ない、肋骨が二本切除されていました。また、戦時中、南方戦線で下腿部銃創をうけたそうです。S病院に入院する前は横浜の住所に一人で暮らしていました。したがって、S病院で死亡した時にも遺体の引き取り手がなく、S市で火葬に付した遺骨を、野田氏の郷里である岐阜県に送るという予定だったのだそうです。ところが、S病院の篠原事務局長がとつぜん、岐阜県にいる野田氏ゆかりの人から連絡があって、遺体の状態で届けることになったと称して、自ら遺体搬送車を運転して行ったということでした」

「なるほど、要するにその野田氏の遺体が野尻湖の白骨死体だったということか」

「そうです」

「うーん——しかし、待ってくれよ。そういう手口はいいとして、事務的にうまく処理できるものかなあ。たとえばだ、野田氏の郷里に遺体が届かないとなると、いくら冷淡な親類だって、怪しいと思うのじゃないかい？」

「それは問題ありません。なぜなら、郷里のお寺には、ちゃんと骨壺に入った遺骨が届けられたのですからね」

「ん？　どうしてだい？　野田氏の遺体は荼毘に付せられなかったのだぞ」

「ですから、遺骨は野田氏のものではなく、S市の火葬場で焼かれた人の骨の残りを、何人分か集めたものです」

「そうか、火葬場の職員が共犯だったということか。そういえば、たしかに、火葬の際に骨壺に入りきらない骨もかなりあるみたいだな」

「そうなのです。おまけに、そういう残余の骨の処理は火葬場の職員に任せられているのですね。しかも、残った遺骨というのは、法的にはもはや『遺体』という概念は消滅して、ただのゴミと同じ扱いになるのです。したがって、職員がその骨をどう処理しようが、いっこうに問題にはならないというわけです」

「なるほどねえ……ゴミかねえ……」

細田署長は肩をすくめた。年齢順にいくと、ここに居合わせた者の中では、いちばん先に「ゴミ」になりそうなのは細田ということになる。

「五月に発覚した、新信濃川河口の殺人および死体遺棄事件も、ほぼこれと同様の手口で行なわれたものと考えられます」

竹村は署長の感傷を無視して言った。

「遺棄された死体の主――小山辰男氏は、五月十三日にS病院で手術中、ショック死した患者でした。たまたま小山氏の年齢や体つきが、東京・足立区の会社社長で谷永という人物と似通っていたことから、野尻湖の場合と同様、身代わりに使われたというわけです。おまけに血液型や背中の黒子など、小山氏の身体的特徴をあらかじめ谷永氏の家族に教えておいて、身元確認のポイントにさせています」

「しかし竹村君、その死体には生活反応のある刺し傷があったというじゃないか。その傷が殺害された証拠になっていたのじゃなかったのかね？」

「いや、その『刺し傷』はつまり手術の痕なのですよ。適度に腐乱したために、傷の状態がはっきりしなくなっていましたが、その傷痕も犯人側にとっては好都合な結果をもたらしたのです。その傷痕があることによって、死因が他殺によるものであると立証されたわけですからね。そうでなく、自殺の疑いがあったりすると、保険金を受け取ることが出来なくなる可能性もあったのです」

「驚いたなあ……」

細田は呆れて、悲鳴のような声を出した。

「保険金詐取もいろいろあるが、ここまでシステム化した図式というのは聞いたことがないな。それで、篠原だとか、その他《ほか》の共犯者たちもそれぞれ分配金を受け取っているというわけかい?」

例によって、分かりきったことを訊く署長だが、竹村は「もちろんそうでしょう」と律儀に答えた。

「やれやれ、なんという世の中だい……」

細田は夢も希望もない——という顔になった。それから気を取り直して、威厳をとりつくろいながら訊いた。

「そうだとすると畑野とその、なんとかいう会社社長はどうなったのかね? どこかに潜伏しているのかい？」

「そのはずです。おそらく新潟県内のどこかにアジトがあって、ひっそりと暮らしているのでしょう。いずれ事件の全貌が明らかになれば、彼等の所在も判明すると思いますが」

その竹村の予言は半分が当たり、半分は外れた。畑野高秀はすでにこの世には存在しなかったのである。

竹村が予測したとおり、畑野も谷永も、それぞれ「失踪」したあと、新潟県村上市から東の方角へ二十キロほど入った、篠原の妻が経営する山間《やまあい》の療養施設に名前をかえて起居していた。

驚いたことに、その療養施設には、彼等二人のほか、同様にして世を捨てた故人が二人いた。彼等はいずれも借金苦から逃れるために、保険金詐取の大芝居をうったあと、そこで療養者の世話などに従事しながら、ひっそりと余生を送ることになっていたのである。

ところが、他の三人と違って、畑野高秀だけは、じっとしているわけにはいかない理由があった。それは、野尻湖の発掘調査が三年ごとにしか行なわれないことを知らなかったために、保険金詐取の時期が大幅に遅れてしまったことにある。

東京の自宅では、恭子が暴力団などの攻勢に辛抱しきれなくなって、家屋敷を売り払うと言いだした。そんなことをすれば、庭に埋めてある前妻の死体が明るみに出ることになる。

畑野はなんとかして恭子を説得しようと努めたが、ついに恭子は不動産を売却した。それを畑野が知ったのは今年の二月になってからであった。もちろんそう頻繁に連絡できないという事情もあったが、恭子の側が畑野の反対を嫌って、ひそかに売却の手続きを取ってしまったのだ。

畑野はいてても立ってもいられなかったにちがいない。そして三月二十七日、無断で東京へ向かおうとした。畑野にしてみれば、せめて庭を掘り起こし、死骸をべつの場所に移そうと考えたのだろう。

それを知った篠原は、すぐに火葬場の川端に命じて、畑野を取り押さえに走らせた。川端は新潟駅で畑野を捕まえ、説得にかかったのだが、天運尽きたというべきか、その現場に偶然、大沢雄一が通りかかった。

大沢は畑野の顔を見て驚愕《きょうがく》した。畑野が長いこと失踪しているのを、同じ良寛の研究者である大沢が知らないはずはなかった。

大沢は死んだとばかり思っていた畑野が元気でいたことを喜んだが、畑野と川端はそれどころではなかった。

畑野は慌てふためいて隠《かく》れ家《が》である療養所に引き返したが、目撃者の大沢を始末しなければならないという状況になった。

大沢は国上山の五合庵を訪ねるということだったので、川端はお近付きのシルシに、と大沢を車で案内して、五合庵で殺したのである。

篠原一味が犯した、これが最初の殺人であった。

そして、畑野もその数日後、殺されることになった。畑野を生かしておいては、グループ全体が危険に晒《さら》されるという危惧《きぐ》があったためだが、いずれにしても、あたかも、坂道を転がりだしたボールが停まらないように、いったん殺人に踏みきった川端の手は、第二の殺人をさほど抵抗なく行なうことができた。

畑野の遺体は療養所の裏山に埋められていた。

現場検証に立ち会った竹村は、療養所の窓から遺体発掘作業を眺めている老人たちに、ふっと隠遁《いんとん》生活に入った良寛や一茶や、それに高野山に消えたといわれる山本以南の姿がダブるような気がした。

畑野にしろ谷永にしろ、それからほかの二人の老人にしろ、わが身を捨てて家族や会社の人間のために保険金を残し、自分は流刑人のような隠遁生活を全うしようとした。彼等が死ねば、また自ら身代わり白骨死体の役割を務めるつもりだったのかもしれない。それは「犯罪」と呼ぶには、あまりにも寂しすぎる。

しかし、竹村はなぜか、そういう彼等の一種の健気《けなげ》さのようなものが、唯一、この事件の救いであるように思えるのだった。

エピローグ

夏休みに入る前の日、田尻風見子は新宿の「滝沢」で野村良樹と会った。野村良樹は軽井沢のペンションにバイトの口をみつけて、翌日には東京を出るのだそうだ。

「軽井沢には『分去《わかさ》れ』とかいって、北国街道の起点があるんだよ。できれば、そこからずっと、昔の街道を歩いてみるつもりだ。つまり、一茶の足跡を辿るというわけだ」

「軽井沢かァ、いいなあ……」

風見子は羨《うらや》ましそうに言った。

「風見子も遊びにこいよ」

「だめよ、うち、うるさくなっちゃって、一人旅は認めてくれないんだって」

「なんだ、岩室には一人でも行けたじゃないか」

「だから、あれがよくなかったみたい。うすうすノムさんのこと、勘づいたんじゃないかしら」

「だったら、おれ、ちゃんと挨拶に行くよ」

「挨拶って、何の？」

「だからさ、風見子のこと、頼みにさ」

「ばっかねえ、頼むって何を頼むつもりなの？　そんなことをしたら、なおさら身動きできなくなっちゃうじゃない」

「そうかな、だめかな」

「だめだめ、ノムさんとは岩室のあの一夜でおしまい」

「寂しくなるようなことを言うなよ。だけど、おれ、岩室には何か忘れ物をしてきたような気がしてならないんだ」

「ほんと？　何忘れたの？　ライターとか、そういう物？」

「あーあ、たまんないね、風見子の鈍さは。まあいいや、とにかく風見子のほうも良寛さんの卒論、ちゃんとやりなよ」

「ああ、そうそう、その良寛さんだけど、このごろ私、ちょっと見直した感じなのよね。最近になって知ったんだけど、良寛の晩年は貞心尼《ていしんに》という女性との、こまやかな情愛で彩《いろど》られているの。貞心尼が良寛と知り合ったのは、貞心尼が二十九歳。そのとき良寛はすでに七十歳を越えていたらしいのだけど、まるで若者同士みたいに胸をときめかせてるって感じなの。二人は一時期、一緒に住んで、和歌を贈ったり返したりしていて、それがとてもすてき」

風見子はメモ用紙を出して、暗記している和歌を二首、並べて書いた。

向かひいて　千代も八千代も　見てしがな
　空ゆく月の　こと問はずとも　　　　　貞心尼
心さへ　変らざりせば　はふ蔦《つた》の
　たえず向はむ　千代も八千代も　　　　良寛

「ね、ずいぶん甘ったるい歌でしょう。こういうのを七十のおじいさんと、二十九の尼さんが遣《や》り取りしていたなんて、ノムさんの不純な頭で考えられる？」

「不純はないだろう」

野村は苦笑した。とぼけていたが、風見子は野村が言いたかった「忘れ物」の意味をちゃんと見抜いていたのだ。

「良寛が世俗を離れ、山奥のあばらやに住んで、毬《まり》ばかりついていたっていうの、なんだか分かるような気がしてきたのよね。このあいだの事件のことを思うと、そういう生き方のほうが正しいのかなとか思えてきちゃったのよ」

「そうかなあ……おれはそういうの、あまり賛成しないけどな」

「どうして？」

「だってそうだろう、みんながみんな、良寛みたいだったら、国はたちまち滅びるよ。誰かが手を汚したり、憎まれたりしながら頑張っているから、世の中、なんとか前へ進んで行くんだと思うな」

「ふーん……そういうものかァ……」

風見子は少し野村のことを見直す気持ちになってきた。

「軽井沢へ行ったら、あの警部さんに会えるかもね。よろしく言って」

「会えるもんか、信州は広いんだよ」

野村は笑ったが、北国街道を辿って行けば、どこかで、竹村警部にも、それに大勢の一茶の末裔《まつえい》たちにも会えるような予感がしていた。

自作解説

内田康夫

本書『北国《ほっこく》街道殺人事件』は一九八七年に徳間書店から出版された作品です。刊行の順番からいうと三十四番目。長編小説としてはちょうど三十作目。第四作の『萩原朔太郎」の亡霊』で作家転業宣言をしてから五年目にあたります。脂が乗りきった――かどうかはともかく、作家業が身について、安定して作品を生産しつづけ始めた頃といってもいいでしょう。ちなみにこの年には、『鏡の女』『軽井沢の霧の中で』（いずれも短編集）をはじめ『美濃路殺人事件』『長崎殺人事件』『十三の墓標』『終幕《フィナーレ》のない殺人』『北国街道殺人事件』『竹人形殺人事件』『軽井沢殺人事件』を刊行しています。

『北国街道殺人事件』は「信濃のコロンボ」こと竹村岩男が登場する作品としては第四作です。竹村はデビュー作『死者の木霊《こだま》』の主人公で、その当時は長野県飯田市の飯田警察署で部長刑事でしたが、そのときの事件捜査に対する功績を認められ、異例の二階級特進を果たし、次の『戸隠伝説殺人事件』（一九八三年　角川書店刊）では県警の警部に昇格しています。

じつは竹村岩男の本領が存分に発揮されているのは『死者の木霊』でして、まずそれを読んでから以降の作品をお読みいただくのが望ましい。人間、地位が上がると性格が変わるかどうかは別として、部長刑事のときと警部になってからでは、竹村のイメージに明らかな変化がみられます。捜査の第一線で動く部長刑事時代の竹村には、「捜査の鬼」と呼べそうな迫力がありました。手前味噌のようで恐縮ですが、『死者の木霊』における竹村の活躍ぶりには、著者である僕自身、感動したものです。

それに較べると、『戸隠伝説殺人事件』以降の竹村警部には、どことなくゆとりが感じられます。事件捜査に身命を投げうつ——といった悲壮感はありません。それだけに、事件の謎を楽しむという面では、読者としては付き合いやすいかもしれません。

竹村岩男が主人公の「信濃のコロンボ」シリーズは『死者の木霊』以下『戸隠伝説殺人事件』『「信濃の国」殺人事件』『北国街道殺人事件』『軽井沢殺人事件』『追分殺人事件』『沃野の伝説』の七作品です。このうち『軽井沢』と『沃野』では浅見光彦《あさみみつひこ》と競演しています。

竹村岩男は本来ならば僕の作品の主流となるべき「功労者」なのですが、浅見光彦シリーズに圧倒されて、いまや出番がほとんどない状態です。読者の中には竹村や、竹村とともに『死者の木霊』などで活躍した警視庁の岡部和雄《おかべかずお》警部の登場を心待ちにしているというムキも多く、浅見光彦倶楽部の会員からもその要望があります。僕自身も竹村にはそれなりの思い入れがありますから、いずれ機会をみて「信濃のコロンボ」を復活させたいと思っています。

さて『北国街道殺人事件』は長野県野尻《のじり》湖の学術調査発掘現場でナウマン象の化石の代わりに人骨が出たことから、殺人事件が発覚し、竹村警部の捜査が始まります。一方、新潟県分水《ぶんすい》町の国上《こくじょう》寺にある、良寛ゆかりの「五合《ごごう》庵」を訪れた田尻風見子は、ひょんなことから事件に巻き込まれ、やがて竹村警部との接点が生まれます。

こんなふうに、知らない者同士に、ふとした拍子に関係が生じるという設定は、いくつもの作品で使われています。ごく最近では、『皇女の霊柩』で浅見光彦が岐阜県中《なか》津川《つがわ》市で京都の青年が運転する車に追突され、その車に同乗していた女性と知り合ったことから、思いがけず、木曾街道の馬籠《まごめ》宿で起きた殺人事件の捜査に係わりました。『北国街道殺人事件』は事件捜査だけの「探偵小説」としてではなく、風見子を通して、良寛と小林一茶という、ほぼ同時代に生きた歴史上の人物の接点に興味を抱かせるなど、話の膨《ふく》らませ方も面白い。しかも良寛の伝記が事件の謎を解くヒントになるのだから油断がなりません。

推理小説の本筋は事件(その多くは殺人事件)が起きて、探偵役の人物が事件の真相を解明するものですが、複雑なトリックを駆使していても、それだけでは面白味に欠けます。その事件に到るまでの人間模様や社会背景などが絡みあって、はじめて「小説」としての醍醐味《だいごみ》が生まれます。

動機のある殺人はもちろん、かりに喧嘩《けんか》や事故による偶発的な「殺人」でも、加害者の逃亡と警察の追及を描写することによって、それなりに人間を描くことになりますが、僕の好みとして、そういう倒叙的な小説はなるべく避けています。どんなに極悪な犯罪であっても、追われる犯人の惨《みじ》めったらしさは見るにしのびない。しかも、小説の「きまり」として、最後には必ず犯人が捕まるのは分かっているのですから、カタルシスもなく、読後感のよさは期待できません。

なんといっても、推理小説の面白さは、複雑な完全犯罪を構築した犯人側と、その挑戦を受けて完全犯罪の壁をうち破る探偵側との鬩《せめ》ぎ合いにあります。その上に、登場人物たちのしがらみや犯罪心理や、それに地方色や歴史背景などが加われば、重層的な面白さで物語が紡《つむ》がれます。

『北国街道殺人事件』の犯罪動機はかなり陰湿で、救いがたいものがあります。これをストレートに描いたのでは、読まされる側もあまり愉快ではないでしょう。ところが、田尻風見子や竹村警部と、彼らに絡む人物たちの動きを通して眺めると、その陰湿さが消えてしまうから不思議です。それでいて、推理小説本来の面白さに不足はありません。「イナン」という謎の言葉や、野尻湖でなぜ人骨が発見されたのか——といった「仕掛け」がいくつも出てきて、謎解きの興味は最後まで途絶えることはないのです。

いまは故人となった評論家の松村喜雄氏の書評に次のような文章があります。

〔最近、実話まがいの推理小説が眼につくようになったが、ともするとその描写の生々しさに辟易することがある。

内田ミステリーの小説作法はまったく逆で、ロマンチシズムが殺人という殺伐とした陰惨さを消し去るばかりではなく、ロマンの楽しさを満喫させてくれるのである。〕

この評はまさに的確に僕の小説作法を言い当てています。じつは、読者としての僕が、そういう「殺伐とした陰惨」な小説が苦手なので、自らそれを書くことができないというのが本当のところです。

（この「自作解説」は二〇〇二年六月刊の集英社文庫に収録されたものです）

この作品は1991年2月徳間文庫として刊行されたものの新装版です。なお、本作品はフィクションであり実在の個人・団体などとは一切関係がありません。

徳間文庫

北国《ほっこく》街道《かいどう》殺人《さつじん》事件《じけん》

〈新装版〉

2016年10月15日 初刷

著者 内《うち》田《だ》康《やす》夫《お》

発行者 平野健一

東京都港区芝大門二―二―二 〒105―8055

発行所 株式会社徳間書店

電話 編集〇三(五四〇三)四三四九
販売〇四八(四五一)五九六〇

振替 〇〇一四〇―〇―四四三九二

印刷 凸版印刷株式会社

製本 株式会社宮本製本所

ISBN978-4-19-894161-1 (乱丁、落丁本はお取りかえいたします)